Odjuret av kaos

© Tero Hollanti 2018
Förlag: BoD – Books on Demand, Stockholm, Sverige
Tryck: BoD – Books on Demand, Norderstedt, Tyskland
ISBN: 978-91-7699-957-8

Innehållsförteckning.

Historia

När historian utspelar sig utspelar den sig stark, nästan kvävande lång. Detaljrik och riktigt självhäftande, man kan ana en viss markering av det förflutna det långsökta och dunkla medvetande när Sirowan spretade ut sina långa fingrar över altaret där skålen stod. Hans sammanbitna ansikte låg i djup dvala och skuggorna etsade sig längs den spetsiga och vackra näsan. Ögonen var djupblå och hade en viss glimt, när han strök ett vitt pulver över skålen. Det fräste till och han fann sig stapplande igen över den gudalika fanan i djupaste ylle vävd samman till ett träd. De djupbrunn, guld lika fransarna dansade i den gyllen mörka natten. Sirowan tog tag i fanan och rykte till sig den ifrån de sammanflätade ek störarna som höll den som en ikon. Hans fingrar nästan etsade sig igenom tyget och han tog ett steg åt sidan. Han knyckte till och den ek som låg brun och broderad sjönk ihop till ett litet knyte i hans hand. Sirowan stoppade den innanför rocken och tog samtidigt fram en liten skinn-påse med ett gult pulver och strödde det över altaret. Det blåste ymnigt över den höga gräs kullen och träden där bakom dansade knakande i vinden. Sirowan vände sig mot en man med en yngling bredvid altaret, han slet ynglingen till sig som genast gav ut ett samman bitet, "NEJ". Sirowan blixtrade snabbt till och körde in en dolk under hakan på ynglingen så att han spratt till och flög bakåt. En fackla räcktes fram till Sirowan som höll den framför den blodiga dolken. Ynglingen satt hukad på knä med sitt gyllene hår och spinkiga anlete. Nu brast den grove mannen bakom honom ut i ett skratt, han kluckade muntert och grovt så att Sirowan sparkade till ynglingen i bröstet, så att han föll bakåt. – Ja ta dig i akt, jag som din vän…behöver dig inte längre! Han grymtade på ett ålderdomligt vis och spelade med fingrarna över dolken, han ställde ner facklan vid altaret i hållaren på sidan och stänkte ner några droppar blod i skålen. – Jag tror att jag spelade över Sirowan! Sade ynglingen och knöt nävarna. – Bra, det får din käresta aldrig veta Sir. Alderdon, så res dig upp och bete dig som en man. Sade Sirowan och ryckte till ynglingen i kragen så att han föll framåt mot altaret. - Din ed! sade Sirowan och pressade ynglingen mot det graverade altaret. – sss-storm av valvet..hör mig nu jag sänker ej garden från min djupaste ånger, vik undan! Menade ynglingen på och sjönk ihop bredvid altaret, medans det började stiga rök ur skålen. Röd rök och rött skimmer, Sirowan drog sin dolk på nytt och högg Alderdon i hjärtat så att de tyngda ögonen flämtade chockat mot natthimlen. Det började blixtra och vinden åtog sig ännu starkare än förut. Sirowan vinkade till sig mannen bakom ynglingen som skrattat och nu tystnat. Han tystnade för att det var läge att göra det, inte för att han inte sett någon förblöda förut. Mannen räckte Sirowan skrinet och tog ett steg bakåt ifrån facklans sken. Hans ärrade ansikte såg på medans Sirowan klädde fram ett svart sidenskynke och hängde i fanans plats. – Sådär Fergyson det var den allra sista av ätten Alderdon, han som talade med vinden. Sade han lyriskt och skrattade. Sirowan drog dolken ur bröstet på Alderdon och lade den på altaret. Sirowan tog upp skålen i blixtskenet och drack ur den och föll

sedan ihop bredvid Alderd[...] det min tur att återuppstå.
Kved han fram och krälad[...]rdon och lade sig på
honom. – Fergyson jag led[...] Kved han fram mot den
grove mannen. -Men det kan du glomma Sirowan. Svarade
Fergyson och högg med sitt svärd mot Sirowans huvud och
skiljde det ifrån kroppen. Huvudet rullade nerför kullen, medan
Fergyson såg på – Det här ingick inte i vårt avtal, Sirowan den
mörke. Fergyson föll samtidigt ihop och började gråta, tårar
som aldrig någonsin nuddat deras land förut. – Han ingick
förbund med sig själv….den oförskämde fega…nu är det min
tur Sirowan! Fergyson reste sig mot svärdet och ställde sig upp –
Jag svär vid draktronen att om dig någonsin befläckar vårt land
ska jag skilja allt ifrån förbannelse och allt ifrån dig. Dig Sirowan.
Skrek Fergyson och Kastades plötsligt omkull av en mörk
gestalt, smärta rusade igenom hans kropp och han tuggade
fradga. Gestalten gav inte vika utan etsade sig in i honom tills
han slutade sprattla. – Fel, Fergyson svarade gestalten medans
den försvann in i honom. – Det är inte drakens år utan mörkrets
år Fergyson.

1

Magi i synnerhet

Solvarvet (2375 (<u>andra</u> tideräkningen)). år 116 i
den andra kalendern.

Volde Callahan var bara 15 år då han för första gången kraften
helt släpptes fri, då menar han helt utan kontroll släpptes fri.
Hans bruna spretiga hår med några gyllene lockar låg som noter
ur spelemannens bok över hans kinder och han ilade rödaktigt
med något runda kinder och himlande blå ögon mot katedern i
den stora salen, inne bland böcker och pappersrullar. Den raka
näsan hade han alltid spänd mot mannen vid rullarna som var en
lång och mager man med vitt skägg och svarta ögon under

buskiga ögonbryn. Volde satt vid den gyllen bänken mitt emot
mannen som rätt som det var tittade upp och tittade ner igen.
Fönsterna var avlånga och rutiga med olika glas färger som i ett
tempel. Han brukade oftast klä sig mot dem med ryggen vänd
emot dem, när han försökte imponera på en flicka eller så. Han
hade fyllt 17 nu och då var det hög tid för honom att läsa ur
rullarna och studera i böcker, även om det föreföll omöjligt att
ens fördjupa sig i skrifter som delvis talade andra språk eller rent
av inte gick att läsa. Det var hans straff för att lära känna kraften
han hade, mer eller mindre. Eftersom Volde`s mor var en sträng
individ och visste mer än andra mödrar om den goda och den
onda sidan av vad man förbrukade som kraft. Volde skrattade
sällan åt henne trots hans vita leende och sinne för humor. Det
gick helt enkelt inte säga emot henne och när han äntligen
försökte så var det en bekräftande styrka hos henne och hennes
mjuka men stränga ansikte. Volde befann sig i en situation den
här dagen och det hade gjort honom mer angelägen om sitt rätta
ansvar gentemot Norn som hon hette hans mor. Volde pekade
åt mannen som satt och antecknade ner någonting oläsbart och
strängt. Volde visste att om han till och med försökte infria sig
rätten att tjuvläsa skulle Travis hosta upp en anledning för
honom att ålägga sig ännu mer straffarbeten och rullar av
liknande klang och skådespel. Volde reste sig sakta upp efter en
stund och hans mjuka stövlar knarrade av läder mot yllet i hans
rödbruna byxor.
Volde´s vita långärmade skjorta var aningen smutsig och bältade
sig in mot den tunna livremmen. Hans läppar pekade
märkvärdigt ut mot fönstret i ett försök att undkomma allt som
hade med stränga regler att göra i magikerskolan eller akademin.
Det kallades för salen, av lärlingarna men av rektorer och lärare
kallades det för trädet och det var trädet eller salen man sade
där. Volde letade fram en tunn bit papper och skrev ner
någonting och stoppade det åt Travis som var en lärare alla hade
de tre första åren innan man gav sig av med krigar magiker eller

valdes att hjälpa rektorer beroende på hur starka man var i det sinnet, där magin tillåts sträva fritt. –
Ursäkta mig Travis det kommer inte hända igen. Sade Volde och insåg till sin förbannelse att de två var ensamma där inne som vanligt då det gällde någonting. - Ja, Volde gå du ut och hem till dig. Sade Travis med en mörk förbarmande röst, inte som Voldes tunna kluckande röst. Han menade inget illa när han fick en sådan spänning på rösten. Men eftersom han var ensam barn och äldst av alla ungar på sin gata i den rätt stora byn, så var han även den starkaste och det menade han med lite avsikt för att undgå allt extra arbete. Voldes stad var av kullersten och trähus men även stenhus, runt borgen som retade honom lite för han hade enorm respekt för just krigare och riddare. Alla dess falanger brukade antingen passera igenom staden eller bosätta sig runt om, utanför byn. Det var kanske det att det hade pågått ett krig i skymundan som gjorde soldaterna lättmanöverliga och den anledningen gjorde de unga pikenerarna mer vilsna och lätthanterliga med sina gråa dräkter och snabba rustningar. Volde avskydde verkligen i all mening den mörka sidan som det man allt mer oftast svor åt. Det hade varit lång fred i landet Lyndia, byn som hette Tavell fanns direkt inte på de stora kartorna eller nämndes inte vid namn utan kallades för duel. "duel" var en förkortning på fort på hans modersmål. Det uttalades snabbt och hade sina starkare rötter i garnison. Han gick ut genom dörren igenom den väl upplysta korridoren av olika lyktor och porträtt på rektorer och ett porträtt på Alderdon den tappre. Han var Voldes ålder när han bragdes om livet tvåtusen år tidigare. Han var även en halvgud och stark magiker men blev kung och dödades av sin halvbror Sirowan som inte fick uttalas vid namn över tusen år fram tills idag. Sirowan var även kallad för den svarte och dyrkades av sina likar under femhundra år, han sades ha sålt sin kropp över sin broders och återuppstått som de mörka rikenas ledare Fergyson den brutale. Volde stannade inte upp vid trädets grundare som man lärde alla nya lärlingar att göra och skänka en tanke. Munkarna i templet

gjorde det mycket sällan och sprang nästan när de såg en trollkarl. Det fanns flera städer som markerades vid namn duel, duel östra och duel västra. Inte för att det hade varit krig på flera hundra år. Volde letade sig igenom träväggarna nerför en spiraltrappa som knarrade nerför åldrande trappsteg av ädelträ. Fergyson den brutale hade slaktat sig igenom för honom okända marker och blev allt svartare och svartare, brutalare och brutalare. Mot oskyldiga i byarna runt Lyndia tills det endast fanns en härskare kvar att förgöra. Det var Lyndias dåvarande kung Dolovan, Dolovan mötte honom i strid utanför huvudstaden Bergamin, han lät 300 000 man på Dolovans sida trampas ner av hans 800 000 man. Men det var då magikern Vildun kastade sin stav runt hans hals i form av en grön orm så att Sirowan visade sig, sedan slog Dolovan sitt spjut rakt in under hans hals och knäckte den på mitten. Sirowan snodde sig runt Vildun, i sin mörka gestalt, Vildun som kastade sig ner på marken fick en hov över sig, men reste sig och kastade gestalten mot sin stav som han lade all sin kraft i ur Fergysons strupe. Sirowan blev för alltid fången i staven och de 30 tusen kvarvarande soldaterna under Dolovan jagade bort Fergysons ca 400 000 man starka arme. Man sade att Dolovan fortsatte in i marker som var för honom okända. Långt ner i söder kände man befrielsen ifrån besten och de länder som befolkades av människor hjälpte genast till att frigöra sig ifrån de mörka krafterna. Det hade inte varit någon inblandning med några som helst andra folk den dagen. Alla var de slavar på sitt sätt, Vildun lovade att om han på något sätt skulle bli påkommen som grundaren skulle hans träd likt staven aldrig mer vackla. Vildun levde otroligt länge och sägs enligt sägnen vandra runt i världen efter annan kunskap. Dolovan återvände hem som segrare men alla kände att de mist någonting viktigt som kunskap över grannländerna. Och mycket riktigt det ledde till krig och oreda, Vildun blev magikermästare och fick sin vilja till mötes. Då grundades trädet. Dolovan stupade bragd om livet året därpå och blev hyllad som hjälte med sitt gyllengula hår.

Grannländerna ställde till oreda så att gränserna drogs om och
Lyndia förlorade viktiga hamnstäder i söder till de mer
aggressiva Alderna. De var ett krigarfolk som mystiskt nog aldrig
hjälpt Lyndia. Men även de drevs bort av alverna några hundra
år senare. Dolovan härskade som magiker och freden varade
länge efter det. Det var Lyndias tradition att ha trupper i
beredskap. Volde hade hunnit fram till porten ut när han hade
begrundat väl. Han kom ut på Tavells gator och fortsatte längs
vagnar och människor. Lyndia hade en kungaätt med, men de
syntes sällan till i landet och så hade det varit i fyrtio år. Intriger
utspelade sig på gatorna och i den här staden härskade cascara,
det var en adels ätt som konstigt nog skötte sina egna affärer och
lät soldater arbeta i natten. Det var en våldsam del av landet,
man räknade till kanske tio mord i månaden. Volde höll sig
undan intrigerna och sålde blommor åt sin mor på lördagarna
istället för att ägna sig åt spel och sprit. Han fick dricka vin och
mjöd, till och med öl men det var mer sällsynt, för att handeln
hade strypts. Visst han uppträdde när minst munkar och
människor anade det och trollade ur sig alla applåder. Det var
därför han hela tiden sprang hos Travis för botgöring ifrån
munkarna. Munkarna skyddade städerna ifrån att rasa samman i
intriger och höll ordningen när alla andra vägrade. De var inte
munkar i några kyskhets affärer utan snarare tvärt om. De fick
dessvärre inte visa sig ha öppna förhållanden i tempeldräkt. Det
hade roat Volde i sådana fall. De var bröder av Alderdon och
höll i giftermål och kröningar. Plötsligt kände Volde en hand i
sin skjortficka och ett föremål landade där. Han insåg snabbt att
det var farliga gator han hade kommit in på. Han vände sig för
att se sig om, där var ingen. Volde tog upp lappen ur
skjortfickan och läste. ”Varna Rektor Tagul att man talar och
konspirerar mot honom inatt” Volde gick tillbaka till gatan han
kom ifrån och svetten började lacka i eftermiddagssolen. Vad
det än betydde så var han tvungen att lämna in allt sådant i salen.
Trädet som var en hög stenbyggnad kanske 300 år gammal var
alltid omgiven av vakter och där visste han att ingen kom in.

Volde steg upp för trapporna in till stenbyggnaden som sträckte
sig i många salar och stora bibliotek, nästa rogivande lugna.
Volde gick in till rektor Tagul som var en nordman ifrån
fiskehamnarna. Man visste helt enkelt ingenting om honom, han
var otroligt nog bara mystisk och hitrest, inte som Rektor Sadin,
Tavells egen. De flesta var hitresta inför vårfesten, man lovade
pilgrimmar extra nöjd samma affärer och överenskommelser
men det var inte hela sanningen det insåg Volde. Han kanske
slutade som Alderdon om han inte höll sig i skinnet. Han kunde
svära att han hörde Norn säga det, hans egen mor hade lyckats
hålla hans far Pol borta ifrån hans affärer vilket var synd för
Voldes far var en stark affärsman och jägare, inte för att det
intresserade honom någonting när det gällde jakt. Han kunde
hantera båge och pil, men det var inte hans enda affärer, nej det
var även vin och värdshus. Norn jobbade inte ensam utan hade
tjänstefolk runt sig hela tiden då Volde inte var där och rensade i
grönsakslandet. Pol var viktig när det gällde pilgrimer och det
gjorde Volde ännu mer utsatt. Voldes vänner Frid och San
arbetade båda två hos hans mor i värdshuset. Frid var en ung
kvinna i hans ålder, hon hade talanger med sitt mörklockiga hår
och hade en kropp som inte gick att ta miste på. Volde var stor,
så var San dubbelt så mycket starkare. Men han bodde i skum
kvarteren och var aldrig hemma. De var båda två lika gamla ett
år äldre än Volde och retades på så vis på exakt samma sätt, sade
samma saker och sov under samma tak. Frid bodde ingenstans,
ingen visste vart hon kom ifrån eller när hon kommit till staden.
Inte ens hon själv, hon var väldigt vacker. Hade det inte varit för
att hon var vacker så hade de inte ens varit vänner ifrån början.
Det var någonting man hade kunnat tacka Pol för. Det var han
som hittade henne sägandes ”Frid” ”Frid”. Pol hade tagit henne
till Värdshuset och han misstänkte att hon kom ifrån Alderna,
där fanns det fortfarande kringresande adelsmän och rika
Adelskvinnor och köpmän. Alverna var inte kyliga men de var
inte heller mottagliga för några som helst offergåvor och det
hade varit oroligt där. Volde kom av sig och spärrade in sina

ögon i rektor Taguls dörr som var öppen, det samtalades friskt därinne och en jägarkvinna med pil och båge på ryggen stod lutad över en måltid för en kung. Tagul såg Volde och gick fram till honom. - Här rektor … måste hem nu men jag finns på värdshuset sade Volde med ansträngd röst till den resliga nordmannen. Hans näsa var nästan ännu rakare än Voldes och han hade strimmande läppar bakom en tunn flätad skäggväxt. – Bra få se… hmm… jag visste det. Bra du får gå, lika bra det. Sade Tagul. Kvinnan var nog en tjänstekvinna, men han var inte säker. Volde tog sig därifrån och hälsade henne med en nick. Hon vinkade tillbaka och han försvann ner i den väl upplysta korridoren inför eftermiddagssolen. Den här gången gick Volde raka vägen till värdshuset och möttes av en förvirrade äldre kvinna rakt framför hästarna. Det var en stengård och det var stenar av ljusgrå karaktär, en del saker var intressanta att ta tag i direkt. Han hälsade på kvinnan och visade henne in i värdshuset. Det låg mitt i stan Volde hade tur som slapp vänta på folk den här gången, gatorna var helt tömda och det oroade honom lite grann. Fönsterluckorna var djupa och öppna, innanför huset var det i full gång att samlas runt en spelande pilgrim. Det hördes fyllevrål ifrån de borden som han lite ogillade att de var där, framför två tomma vintunnor. Volde gick i alla fall fram till bordet för han såg ingen i närheten. – Ni får sänka volymen lite, jag tror inte att de andra hör spelemannen. – Bra, vi tänkte väl det. Vi firar nya tider. Kungen kommer hem. Sade den vänstra av dem med ögonlapp och mörkt skägg. Den andre hade en riktig potatisnäsa och strök sig över skäggstubben. – Ja han kommer hem alltid, med vad händer då med oss? Sade han och tog en sup mjöd. – Vi får väl se. Svarade Volde och tittade åt andra hörnet där spelemannen satt. – Men nu är det vårfest och jag vill inte skicka ut någon idag ens om han skriker. Sade Volde och ryktes nästan med i musiken. Hans lyra spelade kända sånger och bredvid stod en tunn man med gycklar kläder och spelade på en panflöjt så att näsan pekade krokigt under de buskiga ögonbrynen. – Frid, vare med er. Sade Volde och gick

fram till disken där Ferd stod och diskade ur koppar bägare. –
Om du ser någon som kommer med bud ifrån Tagul så är jag i
huset. – Pol, var förbi. Jag tror att han hade någonting viktigt att
säga ifrån Travis.
Du Volde måste ta hand om gästerna ikväll. Det kom ifrån Pol.
Sade Ferd som var en grov man med mjuka anletsdrag och
noggranna fingrar. Hans gråaktiga hår gjorde honom underligt
petig. - måste stanna här jag också. – Vid Dolovan! Sade Volde
och tog emot ett vitt förkläde ifrån Ferd. Ferds ansikte vred sig
lite i ett leende han nickade bestämt. – Det blir bäst så för ikväll.
Sade Ferd som lite bestämde där.

***

2

Vargen vakar

Frid var alldeles ensam den här morgonen, hon tittade sig i
spegeln som stod lutad på en pall, bakåt mot väggen. Hennes
hår var igenom borstat och noggrant kammat. Ögonen tittade
lugnande grå mot sig själva, studerade varenda millimeter av
sig själv. Hennes långa klänning var isande vit och hade några
märkliga veck, som Norn varit alldeles hemlighetsfull med.
Frid log hemlighetsfull och hennes raka leende var trolskt,
med mjuka streck och spetsig näsa. Ansiktet var så fullgjort
perfekt att något vidare arbete inte behövdes. San var ute med

Pol och Volde själv var någonstans i magikerskolan. Han hade arbetat där hela veckan och hade det inte varit för att Volde gjort det han gjorde hade han inte fått det som belöning ifrån Travis. Frid menade på att han kanske inte arbetade annat än lugnt hela dagarna och slet hela kvällarna för belöningar. Och just nu var Norn givmild och Pol hade behövt extra arbetare hela veckan. Volde hade arbetat med Ferd hela natten igår av en anledning hon inte fått veta. Pol hade sagt till dem att kungen var på bättringsväg och på hemresa, men att det tydligen var farligt för ungdomar att visa sig för adelsmän och pilgrimer som var på värdshuset och rekryterade. Frid antog att det var henne och San Pol menade och inte Volde som blev rätt så oroad av Pols order. Det hade blivit fullsatt i värdshuset och flera gånger hade tjänstemän gått igenom värdshuset och tvångsrekryterat till Cascaras arme. Frid släppte spegeln och slätade ut klänningen längs de slanka benen och den platta magen. Hon rätade till brösten och gick raka vägen igenom det lilla trämöblerade rummet, med pallar och en gammal bänk med tvättfat på. Det luktade tvål och lavendel därinne och hon såg ut på gatan nedanför där man var i full färd att ge sig ut på gatorna igen. Hon gick fram till tandborsten som Pol låtit handla in av alviska handelsmän, stadsalverna var särskilt intresserade av att sälja skönhetsprodukter som de själva tillverkat och om inte Frid mindes fel så var hon 170 och väldigt intresserad av den kulturen. Hon brukade fylla vagnar i huvudstaden Bergamin som låg två mil ut mot den klippiga kusten. Där fanns dvärgar och Alver, magiker och pirater, gycklare och bönder, stadsbor och soldater, handelsmän och munkar, glädjeflickor och stråtrövare. Kanske allt ifrån tjuvar till jägare och till och med häxor och jägarfolk. Hon trodde att hon tillhörde jägarfolket fast hon var inte säker. En spågumma hade sagt till henne att hon en gång varit draktämjare och dotter till en rik affärsman ifrån jägarfolket. Frid kunde det där med jaktfåglar och spårning, men hon visste mindre om drakar och trodde inte de existerade. Volde kunde spå även han men inte så lyckat och trots den leriga vägen fram till Bergamin så fick man verkligen se upp med allt som hade med spådom och kortläggning att göra. Häxjägaren Buldeswal var alltid på jakt efter folk som han inte accepterade och det hände att han jagade på vägarna och efter magiker. Det fanns någonting som hette krigar magiker och det fanns även sådana som dyrkade svart magi och svor eden till den mörka sidan. Det fanns även mörka berättelser och sägner om länderna före Lyndia, berättelser om trädfolk och svarta orcher. En saga spelades varje natt i värdshuset och det var den om Alderdon och Sirowan, den var underhållande och höll munkarna på got fot med deras drycker och speciella mat. Frid tog upp tandborsten och den speciella krämen gjord av alverna och borstade tänderna och spottade ut. Den smakade salter och det mar någonting magiskt med den precis som deras huvudstad Alderna, där fick de alltid särskilda medaljonger och kunde köpa in tyger vävda av de alviska flickorna som var flitiga med sitt arbete. Nu var det många år sedan de ens varit utanför Lyndia och Volde var lite mer intresserad av att resa med Pol än att arbeta hela dagarna. Frid bodde hos familjen Callahan och det gjorde även San vars föräldrar var döda, men San fortsatte rusta upp det hus de hade bott i till ett värdshus precis som Pols med pengarna som han intjänade. Tanken var att han en dag skulle göra bättring på det område där han bodde och lyfta upp den delen av staden. Det var det enda han pratade om och det syntes på honom. Och om Volde var stor så var San rent av muskulös och kanske lite mer ärrad. Han kunde ibland vakna mitt i natten skrikandes, då visste Frid att han hade drömt hårda drömmar. Det liksom tände en instinkt i henne och hon kunde ibland se gestalter framför henne, spöken eller andar. Någonting gammalt var det i alla fall. Frid skyndade borsta tänderna och försvann ut igenom den tjocka trädörren. Hon kom in i en stensal med vitmålade stenväggar och dörrar som var ifrån en annan tid. 300 år hade huset stått och det var någonting magiskt med det och det var inte Norns verk. Även om San ibland påminde om en varulv så var det någonting mystiskt varglikt med Pols värdshus, människorna som bodde där var tillbakadragna och bortsett ifrån de som satt nere på nedervåningen och drack och åt så var det rika och fattiga blandade på övervåningen och munkar och gycklare och ibland tjuvar och soldater på nedre. Kvinnorna var oftast vackra och mystiska, Frid hade hört talas om en vampyr som hade bott här. Det tog inte lång tid innan

Buldeswal rusade in med soldaterna och då var den borta, det hände kanske för 15 år sedan, men sedan dess hade Buldeswal ändrat attityd och det var väl en smäll mot hans självförtroende. Lika bra det och ibland kunde man se spågummor till och med komma in och lägga upp sina kort. Några rövare hade en gång ställt till med ett blodbad på gården utanför och man var tvungna att kalla dit stadsvakten,

inte undra på att Pol aldrig var hemma. Han hade i och för sig sopat ner rövarna och kastat ut dem avväpnade, det var någonting djuriskt med honom. Frid inte kunde förstå. Volde var bra på att förstå Pol och dålig på att vara Norn till lags. Norn som var så beskyddande och varm, men hon visade det inte öppet. Frid var som en dotter och hade alltid varit det även fast hon Volde inte var syskon så var hon en i familjen. San var även han en del av familjen och de tre reste hela tiden med varandra och hade samma utbildning som Norn hade varit noga med att förse dem med, hon var självlärd av en lärare och magister ifrån det övre samhälles fåran. Frid

undrade inte mer om det och hon var glad att akademin hade

valt dem framför bråkstakarna i adelskvarteren. Visst Norn var
förmögen och det var även Pol, det Frid tjänade in
stoppade hon undan och försåg med lås i skattkammaren.
Volde var den slösaktiga av dem tre och det märktes på hans sätt
att alltid förföra rika tjejer och unga damer. Han drack
visserligen ingenting och trollade helt öppet med mynt och
blommor på torget. Alla gillade honom och han var förförisk,
det märkte inte minst San och de var som syskon och tävlade i
det mesta när det gällde att vinna gunst. Frid gick ner för den
upplysta trappen med gamla vapen ifrån den yngre tidsåldern.
Hon klev fram med sina dock skor fram till Ferd som stod och
kliade sig i sitt stubbiga hår och orakade ansikte, hela han var
mystiskt grå i sin toning och hårfärg. – Frid. Sade han och
tittade på den unga damen som stigit ner som ett kattdjur ifrån
trappan. -Frid, vi måste ha mjölk idag. Kan inte du gå till tant
Ban och hämta mint tre tunnor, ta Fred med dig. Fred var
Ferds bror och riktigt stark, grov och det han inte hade i
armarna hade han mellan benen brukade pigorna säga. Frid
visste ingenting om honom för han var alltid med Pol. Men nu
var han här och hon skulle minsann börja arbeta tidigt idag.
Klockan slog 07.00. Hon tittade på Ferd. – Ja, hur orkar du hålla
dig uppe? Hennes röst var prinsess lik och något skärrad.
- Bara bra, jag fick nog med dricks igår. Jag till och med arbetade
av mig en massa svett för att Volde hjälpte till att
underhålla alla igår med trollkonster. Svarade Ferd och tittade
ner i en träbägare med öl. – Vi fick öl av Pol, så de riktigt
förnäma kom hit igår! sade Ferd. Det var helt stillsamt inne
själva matsalen och en lapp satt på en snidad träpelare och
borden stod ljus och ljuslyktor. Frid tittade mot fönsterna som
vätte ut alldeles bakom borden, de var rena och fina, man
kunde ut i trädgården, där fanns det land och pumpor stora som
fotbollar. Frid tittade mot väggarna där hängde det

fiskenät och vapen. Tunnorna stod bakom den stora disken som
pekade med en kant ut mot utgången. På disken inne i
köket därbakom stod grönsaker och kannor med vin och vatten.
Bakom disken bakom Ferd låg vinflaskor och
spritflaskor i alla sortens årgångar. Den som var mest
intressant hade också ett glas skåp med magiskt lås. Inget
kunde tränga igenom och förstöra. Det var Ferd noga med.
Bakom trappan stod själva värdshusdisken och där satt Norn
och stickade. Frid studerade hennes min och hon såg inte
särskilt bekymrad ut, inte heller särskilt olycklig. Hennes
ansikte var inte fårat heller och det var tack vare den salva
Frid låtit tillverka med hjälp av några kvistar av en växt som
finns ute på fälten bakom den stora skogen. Frid brukade
ströva runt där och samla in medicinal växter och olika
träsorter som de sedan flätade korgar med. Hon hade låtit flera
hantverkare titta på själva salen med Norns tillåtelse och det
hade blivit en del snidade träväggar där det hade varit
stenväggar. Alkohol lukten var borta tack vare alla olika
sorters trä. – Frid, ta det i din takt idag. Jag tror att Buldeswal är i
staden och jagar flickor. Hoppas kungen gör någonting åt
honom nu. Folk börjar tröttna på allt ståhej. Sade Ferd och gick
in i köket. Frid nickade så att den muskulösa halsen spände till
och instämde, helt förstående. Frid tittade i
ögonvrån mot Ferd som försvann smidigt in bak mot
köttdisken längst bak i köket. Hon började långsamt gå in på
gården och släppte blicken vid utgången. Därute på gården stod
hästarna och hästskötaren, som nickade bestämt mot
henne, med sin skalliga hjässa. Hans kläder var bruna av läder
och han hade en linneskjorta på sig. Det var bara vakten och
de andra höll all smuts borta. Det gjorde även katterna och de
svarta katterna gick runt och var bestämda. Volde hade lärt
dem med några trix om hur man skulle gå runt på stengården
och vilka man skulle följa ut. De kunde till och med bli ned

trampade så han var noga med att ingen sparkade på dem. Frid gick fram till den låga träbyggnaden snett över närmare plantaget därbakom på andra sidan gården. Hon gick sakta men säkert och stegen gick lugnande men ekade lite mystiskt mellan husen. Det var en skam om Buldeswal skulle hitta dit, det fick bara inte hända att just hon skulle bli förhörd av deras magiker. De hade svårt att hålla tyst bara och hon var ingen ond trollpacka.

*

San Lum, Callahan eller Lum, gick långsamt ute bland snåren och träden som reste sig gråbruna i vårvärmen. Man kunde höra en och en annan småfågel just försvinna upp bland grenarna. Snårskogen hade blivit vild och San kunde med sin brunögda blick studera Pol som sakta gick i fören. Förra veckan hade jagat ner en björn och när San trodde att de skulle dö hade Pol som var skyttemästare fällt björnen mitt framför hans fötter. Pol visste också vart han skulle sikta och när han verkligen försökte drog sig några åt sidan, för han var duktig. San hade inte ens fått upp bågen den dagen, så rädd hade han blivit. Pol stannade plötsligt till med sin gröna dräkt och höjde bågen och släppte iväg ett skott, som försvann mellan några buskar. San höjde sin båge, men fick i samma ögonblick syn på någonting annat. En varg spärrade in sina ögon i honom och försvann när han siktade mot den. Samtidigt dök djuret ifrån buskarna upp och han sköt mot det. Det var ett stort vildsvin som inte skrek förrän det fick syn på dem. San drog sin klinga och rusade mot det och spetsade det ungefär samtidigt som Pol. – Inget bra skott av mig San, vi måste tillbaka med det här. Sade Pol och kastade upp det på ryggen så att San kunde dra tillbaka sin smala huggare. – Jag såg en varg just när vildsvinet kom. Sade San och lade fingret över sin ståtliga och knotiga näsa. Pol som hukade sig ner för att lyfta upp vildsvinet, ännu bättre, tittade på San med sina klarblåa ögon. – Jag såg den också, den var inte ens hungrig. Svarade Pol och fortsatte förbi San med sina

~ 16 ~

skogshuggarben, som var aningen atletiska. San följde efter, han var minst 190 lång och hade armar och ben som en riktig brottare som man såg i krigarlägren utanför Bergamin. Legosoldater brukade fråga honom om han inte ville följa med och strida med dem i öster, där det var inbördeskrig och elände. San hade svarat ärligt för han var alltid ärlig, att det hade han gjort om han inte redan hade andra planer. Han muskulösa och grova kropp arbetade kilometer efter kilometer efter Pol, som inte stannade upp en enda gång på vägen hem. Det gick kanske fyrtio minuter innan de nådde Pols vagn, som var lastad med bråte och tändved. Han lade upp vildsvinet så att inga inre organ sprack. Det var alltid Pol noga med nuförtiden. San åt det mesta och var inte lika noga som kvinnorna, som mest grönt och drack te. Volde hade gjort honom en tjänst igår och det var han glad över. Han hörde nyheter ropas upp torget och torget som var ganska stort jublade varje gång konungens namn ropades upp. San hade städat upp i Värdshuset efter det och burit ut alla fyllebultar till gästsängarna bakom stallet, han trodde inte de skulle komma till pass men det var bättre än att slänga ut dem på gatan om de inte kunde gå. Gästsängarna var dessutom bara en sal för pilgrimer och munkar som var ditresta men även några soldater vaktade där, när inte tjänstefolket orkade. Det var mycket bättre än arresten, för det fanns även andra värdshus i staden. Spelemännen brukade bjuda på några visor för San och de delade samma intressen, det var inte typiskt och han spelade själv alla instrument. Det fanns några hedniska sånger som han hade lärt sig och de gick ungefär såhär: *Tro det om du vill men bäringen far dit jag tar min kos och till striden jag drogs, fören smal, tunna bar mitt hedna skri av gudars häl jag tar. Mitt svärd är mitt anlete och min tro är jag stark. Därför jag tar jungfru har kära far, käre bror och son. De oss de förde till oss de hörde käresta tar!* San spelade upp låten på sin tunt snidade flöjt och det började nästan dansa i det höga gräset intill vagnen. Pol tittade på honom och började klappa händer, Hästarna som stod bredvid Hans, en tjänsteman ifrån öster. Hans Dew, var en man som arrangerade egna jaktturer men följde inte alltid med på alla. Han var en duktig jägare och slet för sin brödföda precis som alla de som följde Pol gjorde. Men Pol var rättvis och såg han problem gjorde han någonting åt det. Det gjorde även Hans och när han ville kunde han stämma in i sång. Han började sjunga med och det fina var att om man inte tog versen om och om igen så gick man miste om någonting. San slutade spela efter en stund och de hade precis sjungit klart när vädret växlade och några droppar började falla. – Det är bäst vi åker nu. Sade Pol och vinkade till sig San. San nickade bestämt och hoppade upp på vagnen med två steg. Hans lossade hästarna ifrån pålen i marken och till vagnen med dem. Det var två bruna arbetshästar och de var båda två nästan gula i håret och i alla fall ljusbruna. Pol och Hans satte sig i sätet därframme efter att Hans kopplat fast hästarna. – Vi såg en varg Hans! Sade Pol och satte fart på hästarna. – En varg? Var det varg i skogen? Frågade Hans och tittade på San. - ja och den försvann när jag siktade på den! Svarade San och tänkte tillbaka på det ljusgrå och vita underliga djuret. Ögonen var helt gula och märkliga precis som han mindes dem ifrån andra vargar. -Ja då får vi åka flera nästa gång! Sade Hans och drog sina fingrar igenom det bruna och lockiga håret. Hans näsa var krokig och han hade en ärlig uppsyn. – Det blir precis bra det! svarade Pol och ryckte på axlarna. – Vi vill ju inte missa maten i fortsättningen och ikväll är det fest igen! sade Pol och tittade mot vildsvinet vid Sans fötter, där han satt på ena bänken bredvid bråtet. – Vi kör förbi magiker akademin och hämtar Volde! Pol var noga med att påpeka det sista men envisades om att hålla sig på rätt fot med vägen som var sten beklädd ifrån en tid långt före dem. Man kunde känna magin i stenarna än idag och San mindes berättelser ifrån hans mor om guldjägarna och Drakfolket som brukade bygga broar och vägar för flera tusen år sedan. Om Alderdon den siste i ätten och Sirowan som förrådde sin mor och dödade sin halvbror. Det var magiska saker och han mindes berättelser om dem i sångtexter och teaterpjäser. San mindes även sånger om guld och dvärgar om vinden och magiska harpan. – Ja just det Volde kanske blir rätt tagen, han gick till akademin klockan 05.00 i morse. Sade San och tittade upp mot himlen – Hon är halv åtta nu. Sade San och tog upp sin flöjt och spelade en visa om gamlingen i gränden. Hans sjöng lite halvt för sig själv medans vagnen rullade över en liten spång. – Han kanske ville det?! Sade Pol och manade på hästarna lite mer. Vattnet därunder var alldeles klart och i himlen ovanför tornade sig stora mörka moln upp. – San följer du med ut till havs imorgon? Frågade Hans och tog fram sin dryckes-flaska. Ja visst ja det fanns även en hamn i Tavell som var en riktig småstad jämfört med de andra städerna runt kusten. Det började komma folk längs vägarna och någon rent av bar sig illa åt när vagnen rullade förbi. Pol var en märklig man som inte sade åt dem på skarpen, men San visste att han inte brukade göra sig märkvärdigare än han var och Hans var precis likadan, inte det minsta sur eller deppig bara tillbaka dragen. San drog sina fingrar igenom det ljusbruna håret och tittade mellan dem förbi folksamlingar och munkar. Munkarna höll på att tillrättavisa folk som stod och köade vid stadsporten, några hade saker att förtulla andra var rent av fattiga på Del, som valutan hette i Lyndia Del var silver och koppar och ibland även guld. Kungen hade gjort sin avbild på myntet och det fanns på andra sidan en sköld som var Dolovans egen med en falk på. San brukade spara sina slantar till sitt hus och gatorna därutanför som han byggde om så att det blev lugn och ro. Ibland hjälpte han grannarna där och han hade hyrt hjälp därifrån till sitt värdshus han höll på att bygga. Det skulle stå klart till sommaren och han hade gjort ett avtal med folket i kvarteret som skulle arbeta där. Han kunde det där och vinsten skulle gå till att laga hus och hjälpa upp människor på fötter igen. Någonting Pol höll med om var en bra ide och själv följde, när ingen såg på. De körde igenom portarna och stannade vid Akademin som tornade upp sig straxt intill porten som var en riktigt tjock mur med vakter och tullare. Det kostade inte att äga någonting utan det var en säkerhetsåtgärd ifrån Cascara att någon inte ägde mer än dem på kort tid och fick i så fall betala skatt. Det klingade fånigt i Sans öron men i alla fall så var det så. Det gick inte att lura dem och han hade inte ens försökt. Duels ljusblåa fasader, allt ifrån stenhus och torn, sköljdes in i en grå ton av regnet. San, gick ur vagnen och in i den stora stenbyggnaden till vänster om honom. I fönsterna syntes magiska eldar och en vakt hälsade honom välkommen in och tog sig för den ovala äggformade silver hjälmen. Hans ansikte blev förnöjt och han pekade mot en sal - Volde är där inne! sade vakten och tittade ut -Vad bra, Tack! Svarade San och gick upp för stentrapporna in i salen. Väl därinne satt alla magiker runt ett ovalt bord och bredvid bakom stod Volde. Han fick genast syn på San och gick sakta men motvilligt fram till honom. – Vad bra, skulle just gå hem. De kommer att lämna staden för Bergamin. Sade Volde och hans ansikte såg genast inte oroande ut, snarare mjukt och avslappnat. Ögonen var fästa på Sans axlar och han rätade ryggen lite ytterligare. - Det blir bara lärlingarna kvar med Travis, så vi har ledigt en eller två veckor. Och jag ska jobba med pergamentrullar. Sade Volde och tittade upp – Kom vi går! Sade San och rätade ut armarna så att det knakade i lederna. Magikerna var ihopsjunkna och några drog sig i skägget och en annan stoppade sin pipa. Rektorn tog en bit ost och tuggade med stängd mun, han tog en klunk vin och tittade bortom San. Deras ögon var frånvarande och stillsamma, men efter ett tag sade någon någonting och rektor Sadin reste sig upp. Ståtlig och skräckinjagande som han var. – Volde, ni får nog gå hem, Travis finns här när du behöver honom. Sade Sadin och gick ut ur rummet igenom en sidodörr. Volde nickade bestämt med sina tunna linnekläder och sammetsbyxor. San gick före och Volde kom efter han hade slappnat av och det smittade visst inte San, utan han fortsatte gå lika stelt och bestämt som en gammal tupp i sina bästa år – Vi kan visst ta kärran idag. Sade San och fortsatte ut i regnet.

*

Slängkappan ven i natten, Farn, bara Farn ja! Vandrade tyst
uppför slänten bakom sätterskogen, nordväst om Tavell och
trevade med sina fingrar mot en stam, som om han ville ta ett
avstamp och klättra uppåt. Han envisades med att krypa fram
ur buskar och snår. Där! Ja där var hans mött
e, där var den som han skulle träffa. Farn gick nästan krypandes
med sina knotiga fingrar e, där var den som han skulle träffa.
Farn gick nästan krypandes med sina knotiga fingrar om lutan
och   vandringsstaven. Han
stötte mellan stenar och nästan lyfte upp dem på ett lekfullt sätt
med vandrings-staven. Han stötte mellan stenar och nästan lyfte
upp dem på ett lekfullt sätt. Så snart han var där framme skulle
det vara över för den här gången. Han kom snart upp på en
avsats och tog ett steg in bland människorna som hade samlats
med facklor. – Så där är du speleman! Sade en man helt iklädd
ringbrynja och spjut. – Ja här är jag. Sade Farn ut i nattmörkret
och stannade upp mitt emot de tre männen. – Så vi möts igen.
Jo Farn jag vill att du går till värdshuset Callahans lykta ikväll
och stannar där några nätter! Sade mannen i ringbrynja – Ska ske
Cascara! Svarade Farn och tänkte vända om – Vi kontaktar dig
när det är dags Farn. Buldeswal här har någonting att uträtta
först, eller hur? Sade mannen som kallades Cascara. Farn ryckte
vilt till sig och snäste – Bara för den här gången Cascara. Sade
han och försvann uti mörkret.

***

3

Gårds Festen och resan.

Volde Callahan surrade fast en fiskelina till San nere i källaren
där han satt och letade efter alla sortens fiskesaker och nät. Han
hade bestämt att han inte skulle följa med och fiska själv utan
gjorde bara i ordning rätt saker. Han var för trött den här kvällen
och inte särskilt road. Han hade fått lov att vila av Norn och

gjorde väl det. Ferd och Fred tog över och gjorde i ordning
middagen där uppe på första våningen. Volde hade dessutom
insett att han inte gick om miste om någonting. Han brukade
inte tacka nej till att fiska och dessutom brukade han hitta de
allra bästa maskarna när han grävde i landet. Volde insåg att han
slutligen skulle beklämma olika saker som skedde inatt. San
skulle inse vilken idiot han var och vilken spinkig en han blivit,
Frid skulle förstås skratta åt honom. Men han var trött det var
han och att gå upp innan gryningen 04.00 var inte en del av hans
plan. Han hade Del så det räckte dessutom så var det mynten
som var hans konster på torget. Han var visst ingen magiker
ännu och han kunde bara kontrollera en liten del av sitt magiska
utförande och kraften som var en del av honom kunde försvagas
om han inte gjorde rätt: Den helt enkelt bara fanns där och den
kunde även försvaga honom om han inte gjorde rätt. Det fanns
risker och om man inte lärde känna sina krafter rätt kunde
Travis inte göra någonting. Han hade lärt honom att det där
med trixen på torget var det enda rätta och om han inte förstod
bättre skulle det även rädda hans liv, för det var ovanligt förstås.
Publik räknades som att lära sig speglar och desto fler människor
som kom desto mer avancerad kunde han bli. Var det rätt för
honom eller var det bara ett sätt att undkomma alla kritiska
vindar? Han brukade dra ett mynt igenom en tråd och förvandla
det till en bukett. Volde lyckades infria sig själv och placera
myntet i handen på första bästa flicka och få det att växa till en
bukett. Han reste sig plötsligt upp mer förvånad själv. Volde
gick upp för trapporna slank som han var men ändå med lite
muskulösa drag. Han tog trappen upp och det knarrade under
honom. Källaren var upplyst och helt i sten. Ibland kunde man
höra ljud därifrån och om man inte var varsam kunde man ramla
i trappen som svar. Volde gick noggrant ifrån källaren som
nästan hade slukat honom med sina skuggor, något viskade till
honom på ett språk han inte förmådde översätta han var så
avskärmad och det kunde man bli som lärling. Sadin brukade
säga att man måste tända ett ljus framför sig och om man höll i

en ros skulle man sända energi in i den för att all negativ energi skulle försvinna. Han hade visserligen rätt i det och om han inte var starkare så var han åtminstone klok och rättfärdig. Precis som om han aldrig missat en endaste fest. De var i värdshuset ibland och det var då Norn presenterade Volde inför först Travis sen Sadin. Sadin var ett namn ifrån de äldre lärorna och betydde visst ljus eller ledsagare. Precis som Volde betydde Beskyddaren eller den utsatte. Volde knuffade till trädörren så att den lyfte uppåt, precis intill huset. Han gick fram till trädgården som vette ut minst en 30 meter ut mot kusten. Han hade varit på värre värdshus i sitt liv och det värsta låg i den så kallade byn Grytan. Det var allväders skräcknäste och han kunde inte blunda en sekund. Det påminde honom om just denna källare. Volde Ben Callahan studerade mycket med Travis det året och Grytan var en stad som många andra men den var inte magisk på något sätt. Det kanske fanns en eller två magiker men inget annat än lösdrivare. Travis ville att de skulle hjälpa byborna där en vecka och så vitt Volde kom ihåg så var det ingen lätt uppgift. De fick alla sin belöning tillslut men var tvungna att bo där den veckan. Detta var år tre och nästa år skulle han få lära sig arbeta med kraften. Det var så Magikern i Bergamin skulle bygga upp sitt rangsystem. Desto längre tid det tog att lära ut desto mer uppgifter fick man. Volde hade inte misskött sig utan tvärt om de visste inte om de kunde hantera honom på rätt sätt hade Sadin sagt och gjort så att han verkligen insett sin fulla betydelse. Det var nu mörkt ute i trädgården, så han kunde inte leta mask eller göra någonting särskilt. Det tog honom inte många minuter efter att han stängt dörren att gå fram till ytterdörren på andra sidan över staketet. Det var fullt ute på gården och feststämningen började komma igång under tälten som stod uppradade i fyrkanter och på något sätt hade man förvissat sig om att, "där kommer Volde" Jo han var beredd på det mesta, det kanske tog honom många omgångar att leta sig in till dörren utan att bli allt för uttittad. Volde stannade upp vid några ditresta festprissar och i vilket fall som helst hade de alltid vackrare kläder än han. Som vanligt hade de en mask för ansiktet som man oftast hade i de finare delarna i landet. Ingen bar sig åt eller skämtade om någon och ostarna bars fram till borden med bröd och skinka. Det här var bara en förfest till den riktigt stora festen varje vår och den hölls i flera veckor tills folk vandrade dit. Det betydde inte att man slutade att festa nej utan då startade flera marknader och tillställningar. Volde var försiktig och det skulle han vara för det Sadin sade till honom om den här veckan skrämde honom mer. Det var även mörkrets högtid och de hade blivit förvarnade men som tur var hade ett sändebud kommit ifrån huvudstaden om att de skulle resa dit till kungen. Den högste magikern hette Wald och var kungens närmaste han var tydligen den som bestämde. Volde kunde inte förstå om han inte kunde se honom så han fick delta överallt i Trädet. Det var en utmärkelse att vara lärling och hur det kom sig så var det alltid en positiv ådra som sade att om man verkligen inte kunde lära sig varför ens försöka. Han höll inte med vissa gånger och där gällde det att vara rättfram och villig. Man tjänade ingenting på att lamslå sina förmågor, Volde var stark nog att föreslå nya lärlingar och det var lite hans uppgift att lära ut samtidigt som han lärde sig. Frid gick fram till bordet i mitten och fyllde några glas och bägare med vin. Det kanske var i all enkelhet men alla valde att fylla på sina glas samtidigt så hon fick stå kämpa. Volde gick fram till San med säcken och gav honom den där han satt vid det yttersta tältet mot ingången till gården. Man samlade virke och lade i en färdig eldstad mitt i gården och tände den med några facklor. Volde satte sig på en ledig plats bredvid San. De fyra tälten var fulla med mat och dryck och musiken började komma igång. Det dök upp många orkestrar av spelemän och plötsligt hade det blivit ett spektakel av jonglörer och dansöser. Folk radade upp och började dansa, hand i hand i cirklar och i en sorts stampande tillställning. Frid fortsatte servera mitt i skratten och en gris bars ut till elden men det var vildsvinet de hade förberett. Volde tittade på San – Jaha det blir en annorlunda fest ikväll, du kanske skulle tänka på att gå upp tidigt. Sade Volde och tog emot ett glas med brännvin för en gång skull. – ja och vem har lärt dig dricka det där? Sade San och tog emot ett likadant – Vi kanske borde försöka svälja det nu samtidigt?! Sade Volde och drog sig för pannan, han luktade lavendel och tvål. Det fanns en parfym som gjordes just när vårmarknaden började annars var det tvål och lavendel. – Bra då räknar jag ner! De svalde efter Sans mening och så snart de insåg sig klara så kom bägare med öl. Det tog inte många minuter innan maten var på borden och man såg flera ofärdiga rätter bäras ut till grillen. Det fanns helt enkelt mat för alla. Volde tog sig flera rätter men han var egentligen inte hungrig utan för första gången hade han röda kinder av spriten. Han bet ihop utan att visa att han blivit lite påverkad och att det kanske inte spelade någon roll för första gången vad han gjorde. – Hur var din dag idag Volde? Frågade San och tog upp en pipa ur fickan och stoppade den. – Inte röker du väl, San? Frågade Volde och tittade på den enkla och mörkfärgade pipan. - Nej bara ikväll! Svarade San och viftade undan röken ifrån pipan han tänt med elddonet. Det var ett flintstens don ett sådant rika knösar hade. – Vi kanske borde ta det där ifrån början vad som händer ikväll stannar vid det här bordet! sade Volde och instämde med San – Ja förstås, Volde vi känner som sagt ingen som har börjat röka! Sade San och tittade avslappnat på Volde- det är antagligen vi eller bråkstakarna ifrån adelshusen. Tror att Perry där retar upp alla som inte är som dem. Sade Volde och tog emot pipan och smakade ett bloss. Han hostade ut röken och alla runt omkring tittade på honom medan Voldes uppfattning snurrade runt. – Perry har gått över till oss nu Volde! Sade San och tog en klunk av spriten – Se dig för att du inte hostar ut lungorna! Sade San. - Vaddå menar du gått över? Frågade Volde och tittade upp mot San som om han gått i dvala. - Ja han var här för några dagar sedan och bad om ursäkt, när du var i akademin. Sade San och knackade ur sin pipa. Frid kom och satte sig vid dem bredvid det gladlynta gänget. – Hej San, hej Volde. Inte röker eller dricker ni? Frågade Frid och man hörde glada rop efter henne ifrån de

andra tälten. Hon hade svårt att hålla sig ifrån skratt. Precis som
en ung dam skulle göra. Volde räckte över ett fullt vinglas till
henne. – Vi bara tar det lite extra lugnt idag! svarade Volde och
trollade fram en blomma. Innan han visste det hade hon den i
handen och de andra började skratta bredvid. – Det kan man
lugnt säga. Sade San och tog en sup ifrån ett brännvinsglas.
Callahan hade alla sortens glas och bägare det fanns ute på
marknaden till och med de glas som Alverna och dvärgarna
tillverkade. Det fanns en alldeles särskild smedja i staden som
gjorde liknande vasar och glas. Det var mäster Jon som höll i
den verkstaden. – Vart finns det lugn och ro om inte här! Sade
San på ett sätt som inte gjorde honom särskilt trovärdig. – Vad
är det San? frågade Frid. – Trivs du inte här? Frågade Volde och
tog sig en klunk ur en ny ölbägare. – du vet vi kanske förstår
dig! Jo Frid vad sade Perry när han var här? Frågade Volde Frid
och tittade på henne där hon satt och lite himlade med de vackra
ögonen. - Det var för några dagar sedan Volde. Han sa att
någonting hade hänt. Vi glömde helt enkelt berätta det! – Vad är
det för tobak, San? Frågade Volde och tog emot pipan. – Rullen
Dals finaste! Svarade San och tittade på Frid som just blivit
avbruten. – Han tror att någon är ute efter dig! Volde! Sade Frid
och tog fram en träask med pastiller ur fickan – Hon bjöd runt
och tittade på Volde med stora ljusgrå ögon. – Efter mig, San
vad menar hon? Frågade Volde och tog en klunk av ölen. –
Buldeswal kom och letade efter någon idag, jag antar att det var
det han menade. Jag visste ingenting förrän nu! Sade San lite
häpet och hans mun rörde sig spänt som om det spelade någon
roll om han spände den mer för att verka tydligare. Det var han
visserligen också. Sans bruna ögon tittade ner i glaset med vin. –
Det blir inget fiske! Sade San och tog ett bloss på pipan. – jag
tror att det är bäst att vi håller oss utanför alla tre! sade Frid och
tittade på San – Hon har rätt! Svarade Volde och tittade på
jonglörerna som nu jonglerade med facklor. San lutade sig bakåt
och knäppte fingrarna ovanför liven på den snyggt sydda
dräkten han hade på sig. Skjortan var vit och fläckfri, medans

jackan var av ett glansigt tyg som var typiskt för förnäma
adelsherrar i den kretsen. Frid var klädd i en ljusblå klänning och
runt hjässan hade hon en krans av blommor och löv som
doftade mynta. Klänningen var broderad med vita kattdjur och
fåglar med utslagna vingar. Det var då Volde kom på sig att hans
vita skjorta inte var annat en enkel och det spelade ingen roll för
första gången. De samtalade långt in på natten utan att dricka
någonting mer utan mat. Timmarna gick och det var nästan
gryning innan de sista gästerna vacklade därifrån utan säga
någonting. Volde gick sakta upp mot sin kammare och när han
slutligen nådde dit upphörde allt som pågick inne i matsalen, det
var snart morgon och några hade redan börjat städa upp där
någon ensam stackare sov och en annan fortsatte dricka. Volde
kom fram till rummet som var längst bort i korridoren, det han
hade för sig själv när han jobbade. Stegen lät lite tyst men det
påverkade honom inte hela tiden för han var ju där han ville
vara. Utmattad kastade han sig i bädden och drog över sig täcket
utan att ta av sig någonting. Han visste inte vad som hade
arbetat mest den natten men de hade inte samtalat om någonting
annat än Perry och han trodde dem inte förrän sent på natten
och då gick de andra till sig och han började uppträda. Huvudet
värkte inte mer än om han hade druckit ganska mycket mer än
vad han klarade av och var det så var det vinet, det var han helt
säker på. San hade spelat en visa han kom ihåg och nynnade tyst
på för sig själv. Volde somnade direkt och dagen flöt på och det
blev eftermiddag.

*

 Frid vaknade sent på förmiddagen och då var redan hela huset
igång och de första gästerna hade kommit till sina rum. Hon
kunde höra dem stampa av och an och skämta om inredningen.
Det såg hon inte hårt på utan tvärtom de flesta blev nog mer
chockade av att se sådant i Tavell utanför Bergamin i Lyndia.
Hon var troligtvis ingen fåraherde för hon hade klassisk smak
som Norn brukade säga. Norn var i 40 års åldern och
samarbetade med Frid med att både inreda Sans värdshus och

hennes eget hut däribland Värdshuset Callahan. Frid hade lyckats övertala Pol att arrangera ytterligare en fest och det inomhus, det tog tid men han hade svarat "ja" och någonting annat hon inte kunde förstå. Någonting som män hade gemensamt var att de alltid hade flera saker att göra samtidigt. Han var inget undantag inte heller Volde. Frid tittade ner i trähinken som hon hade bredvid spegeln och började tvätta armar och ansikte tills hon klädde på sig. Den slanka kroppen gled in i kläderna och hon hade otrolig tur när det gällde att hitta rätt kläder. Det var den lediga klänningen hon tog på sig och den luktade redan tvätt oljor och lavendel. Det skulle inte dröja innan hon verkligen kom i form efter gårdagen. Hennes ansikte lös och hon kände sig inte det minsta bubblig efter vinet. Frid borstade genast tänderna och borstade sedan ur det våta håret. Lockarna flöt gyllenbruna under borsten och hon drog lätt ur tova efter tova. Frid såg sitt bekanta ansikte och blev genast allvarsam. Det hade slutat regna men klarnade inte upp, långt i fjärran hördes muller precis som hon förutsåg genom att läsa vädret. Det var någonting hon var duktig på och en gumma hade en gång berättat för henne att om hon önskade kunde hon väcka flera krafter. Frid skulle alltså vara så pass stark att hon skulle kunna mäta sig med magiker. Det insåg hon inte utan det var någon annan styrka i henne som sade det. Frid gick undan ifrån spegeln ett ögonblick hade håret blivit statiskt och lyftes upp av någon oanad effekt. Hon antog att det var andar och hon kunde ibland höra dem viska och visa vägen för henne. Frid lade ner borsten och gick in till bädden och gjorde i ordning den för nästkommande natt. Inte för att hon tänkte sova just nu för det var dags att göra i ordning matsalen. Det var söndag och ute samlades tempelmunkarna för att minnas det som de kallade för helgedomen, det var början på en ny vecka. Frid tog trapporna ner till första våningen och där hade folk redan samlats och pratade över te och dryck. Någon serverades lunch och en munk samlade in lite småmynt 10/dels som de kallades för små mynten. Frid gick fram till Norn som stod där upprymd och bestämd. Hennes ansikte var lent och håret var uppsatt av en kammarjungfru. De hade ett stort företag och var väldigt respekterade av folket i Duel. Man sade att Callahans var näst bäst efter krogen Hjorten där man hade speciella bås och större rum. Det sade man och Hjorten så vitt Frid visste så ägdes det av skogshuggarfamiljen Tredde och Tredde familjen hade speciella matsedlar och låg beläget mitt vid torget kanske hundra meter ifrån Callahans ägor. Men Tredde där av namnet bestod av Guy Tredde och Luo Tredde, Luo var kvinnan och henne hade man sett avbildad på många tavlor därinne. De var för mystiska och gästerna varierade precis som hos Callahan. Det spelade ingen roll för Norn, men väl för Frid. Söndagar var bara dagen då man samlade in mynt. Alla andra dagar städade munkarna stadens gator och hämtade tiggare till sina speciella hem för de missanpassade. Det var bra för många valde att vandra genom Tavell mot Bergamin, det behövdes även människor som kunde utföra arbeten och det gjorde verkligen Frid många gånger om året åt munkarna, hon lät dem trivas där hon arbetade och allt för att avlasta stadsvakterna och Norn, Volde var alltid på akademin och San hade annat för sig, så hon tog ibland dit spågummor och munkar som visst gick olika vägar, men tillsammans så kunde de ge råd åt varandra och åt henne samtidigt som alla andra ägnade sig åt intriger och dueller. Frid gick fram till ena sidan av ett rangligt bord och tittade på Norn. – Vi bär ut det här så att Fred kan titta på det sedan. Sade Frid till Norn. De bar ut bordet samtidigt och ställde det under ett av tälten. – jag tror att det blir bra så här Frid. Sade Norn med en ansträngd röst. Hennes röst var alltid lite hård men det var resultatet efter alla intriger och det syntes på henne. Ingen kvinna hade undgått att Cascara bar det allra senaste i vägarna och det som gick att äga ägde de. San hade en gång blivit påkommen av en tullare när han skulle köra virke men klarade undan lasten i alla fall, tur som var. Frid tittade på Norns lila dress och den var perfekt för henne trots allt. Det hängde alla sorters broderier med grenar och blad så perfekt Alviskt vävda

att hon trodde dem ifrån oljemålningar och vackra snidade verk.
Norn tittade på Frid med huvudet på sned – Hur som helst Frid,
jag tror att det är bäst att ni talar med Volde att ta en liten resa
till Bergamin, det är ju bara en timmes ritt härifrån. Sade Norn. –
Jag kan ge er pengar för två veckor, Buldeswal är i staden. Sade
Norn och släppte sin hållning. – Ja jag ska fråga honom när han
vaknar. Sade frid och började sakta gå in i huset. Hon hade fått
en pirrande känsla om att allt inte stod rätt till och att Buldeswal
hade fingrarna i spelet, hon hörde någon säga att en Speleman
"gamle Farn" hade hyrt in sig efter midnatt. Om de behövde
skulle hon ta det lite i skymundan ifrån alla ögon och sensuella
krafter som parade sig i Tavell. Det var inget skämt, känslorna
svallade och hon kunde känna det under midjan. Det var en
stunds upphetsning sedan var det över, det var som om alla
krafter ville sjunga men inte förmådde. Frid tittade avslappnat på
disken där Ferd stod och tillredde en kyckling inför några barn
som ville bli underhållda. Nej om det, kunde hon bara säga att
var det inte för att Volde sov så hade hon gjort sig redo för
avfärd. Plötsligt kom San smygande helt djurisk som han var och
hon tittade snett över axeln. – San vi måste resa till Bergamin
idag. Sade hon och San bara nickade och tog sig för pannan. –
Jag packar, för hur länge? Frågade San och kliade sig i sitt
nytvättade hår. Han hade varit hemma hos sig. – Två veckor, en
månad?! sade Frid och tog ett djupt andetag. San tittade nyfiket
på henne och lade handen på hennes axel. – Då reser vi? Till
häst? Frågade San som om det inte varit bråttom alls. – Vi måste
vänta tills Volde vaknar av sig själv. Minns du vad de på
akademin har sagt om att vakna med osäkra krafter och vilken
skada de kan göra? Frågade Frid. - Nu är det så! Sade Frid och
tog tag i Sans hand. – Volde gjorde i ordning näten vi tar dem
med oss uti fall att! Sade Frid och släppte hans hand. – Packa
dina saker det ska se planerat ut! Sade hon och San försvann in
med sina festkläder in i värdshuset. Frid tänkte inte på
urringningen förrän nu och om hon inte hade märkt det så stod
nyfikna män och tittade på henne hela tiden utanför häststallet,

tur var väl det. Hon gick fram till dem med bestämda steg och
hälsade, det tog inte många minuter för henne att förklara för
dem att de skulle resa efter lunchen framåt eftermiddagen. Frids
bruna häst hette Bros, den var snäll och snabb så hon bad dem
ta fram henne. Det skulle inte dröja länge innan de började
utfodra deras hästar så Frid gav sig av in för att göra i ordning
matsäcken.

*

San hade lite kläder att göra iordning och de passade inte alltid
om de skulle gömma sig väl. Inte för att han hade brist på
pengar eller ett arbete där han fick det mesta ifrån. Han hade
sparat i tio års tid och det var bäst om det kom med en liten
summa pengar i alla fall. San stoppade ner en huv försedd
mantel och några strumpor, han fick väl köpa nya kläder sedan
för att smälta in. Han hade två likadana svarta mantlar till och
den som inte besvärade sig fick verkligen se till att han inte
lyckades glömma sig själv. San Packade ner lite torkad
salamikorv och en tygpåse med nötter. Det fanns några
dryckeshorn ifall de skulle behöva ta omvägar, han stoppade ner
dem också. San var nu redo och han spände fast sin huggare och
tog på sig manteln. Klockan hade passerat 14.30 när han var
färdig med rummet så att man inte skulle kunna spåra honom så
lätt. Det var någonting hans riktiga far hade lärt honom. Han
kunde inte komma på någonting annat än spårning när han
hörde Voldes dörr smälla igen i korridoren. Han gick sedan ut
till Volde som kom i
korridoren. Han ställde sig framför honom och viskade
någonting i hans öra. Volde nickade lite trött och vände om mot
sitt rum. San gick samtidigt ner till Norn och berättade att hon
kunde låna ut hans rum bara hon lade sakerna som fanns där i
ett förråd. Hon nickade – San vi tar hand om allt när ni är borta
så jag hyr in någon som hjälper till med allting, just då. Stanna
borta så länge ni måste. sade Norn som började inse att
Buldeswal menade allvar. – Jag har mina ögon och Farn är här

alltså är de inte långt borta! sade Norn och gjorde i ordning en liten packning åt honom och varsin åt Frid och Volde. Frid mötte Volde vid trappan och San gav dem mantlarna. Det var tyst i matsalen och de var uppe i sina rum medans man förberedde festen. De tre vännerna nickade till varandra medans de klädde på sig och smet ut efter Frid och San, till sist Volde. De gick några meter till vänster om ingången som ropade med sina inristade ringormar och drakar. Volde tog emot tyglarna och hoppade upp på sin häst Fuss, San kom efter och hoppade upp på sin svarta häst Skave, de tre hästarna var dyra hästar köpta i en stad som hette Tunestav och låg norrut, de skulle sydöst. Frids häst Bros tog ledningen och de tre stona följde efter, först bros sedan den bruna hästen Fuss till sist Skave. Några munkar stod längs vägen och hälsade glatt medans de kom igenom deras parad, de huvförsedda männen gick i rad och höll i en sorts kista. Bredvid gick några beväpnade vakter och höll i spjut. Volde var inte beväpnad med någonting förutom en liten kniv, han kanske inte behövde mycket annat tänkte San som hade en båge och pilar i sadeln. Bara de inte skulle på en längre resa, han var inte färdig med att hantera pil och båge som till exempel Pol. Pol som var ute i skogen skulle inte ha oroat sig men sådan var han och alla insåg att de gjorde rätt. San gick med på att de reste men kanske inte Volde. De tre sade ingenting förrän de kom utanför staden långt in på småvägar intill stora fält och skogar. Det låg någonting i luften och himlen blev nästan nattsvart i vinden av regnmoln och muller. San höll sig i lädersadeln och till en början var det som om flöjten ville komma ut och spela så att det verkligen slutade regna. De började rida allt snabbare och snabbare medans det fortfarande var ljust ute. Det kanske hade gått en timme innan de var ute ur Duel och på väg mot riktiga hinder. San såg det först nu att vägen inte smalnade av utan blev allt bredare desto längre in mot staden de kom. Klipporna höjde sig högre över marken här och varstans fanns det spår av hovar och kadaver ifrån betesdjur eller hästar. Någonstans hördes vargar yla och de visste att de kom närmare Bergamins garde.

Några mötande red förbi och blev inte särskilt förvånade utan stirrade tomt mot dem, någon vände sig halvt om men tittade framåt igen. San insåg att de var tvungna att smyga den sista biten.

***

4

Bergamin

– Tro det om du vill men bäringen far dit jag tar min kos och till striden jag drogs, fören smal, tunna bar mitt hedna skri av gudars häl jag tar. Mitt svärd är mitt anlete och min tro är jag stark. - Därför jag tar jungfru har kära far, käre bror och son. De oss de förde till oss de hörde käresta tar! – Däringen far tar jag min skatt ur gudars träl får jag mig mitt skratt. -

Volde Callahan insåg när de kommit till Bergamins port att de fått en handpenning på 200 del var vilket var en stor summa pengar bara ifrån Norn. De stora silverpenningarna skulle räcka ett halvår för var och en. Han blev lite förvånad men i Frids packning låg ett brev där Norn förklarade att det bästa vore om de stannade ett längre tag tills magikerna kom tillbaka och var man skulle uppsöka dem i Bergamin. Men för säkerhets skull fick de lika mycket var. Volde kliade sig i huvudet, det var ju bara för någon som Buldeswal att uppsöka dem. Han tittade på San som stigit av hästen vid den stora marknadsplatsen mitt bland folk och tullare. Frid följde San och hoppade ner, de började leda hästarna in mot ingången som höjde sig ovanför muren som var av gul tålig sandsten. Volde hoppade ner i en ler-pöl och ledde hästen igenom regnet. Människor flockades runt tullarna och någon viftade med en kunglig vimpel. Kungen skulle komma inatt, Volde hann förstås ifatt San och Frid med några steg. Där tog det stopp, några vakter marscherade förbi

~ 33 ~

dem med gulorange randiga skjortor och tunikor under rustningarna. På benen hade de långa svarta stövlar på åtsittande gröna byxor med tunikan hängande under bältena. Deras spjut dansade och runt vägarna inne i staden kunde man höra trummor och olika falanger av soldater göra sig beredda. Volde nickade åt San som tittade bakåt. Frid stannade upp och tog av sig huvan. Plötsligt började nyfikna män titta på henne och Volde hade svårt att kväva ett skratt. San skrattade redan, Frid blev illröd och fortsatte gå in mot staden. Volde antog att hon var van, men man fick passa sig hon kunde slå hårt. De tre fortsatte in mot ett värdshus de inte brukade stanna i och Frid gick in i den stora träbyggnaden för att prata med värdshusvärden. Volde med de båda hästarna gick fram till en stalldräng och bad honom ställa in hästarna och utfodra dem, de var lite törstiga. Drängen som var en krokryggig man med stor örnnäsa nickade och tog emot en slant ifrån San. Efter några samtalsämnen bestämde de sig för att gå in efter Frid, hon hade varit kvar därinne femton minuter. Det brukade vara fullsatt sade drängen som lite kände igen Volde och Volde hade sett honom någonstans. Bergamin var en stor stad och Volde hade varit där väldigt många gånger och varje gång någonting nytt. Frid stod och pratade med värdshusvärden och de hade kommit fram till ett avtal. Volde insåg efter att beställt någonting att dricka ifrån kyparen att det var en bra ide. Han hade inte ens varit utanför staden på ett helt år förutom på uppdrag. Kyparen som var en man i sina bästa år hällde fram två bägare öl och gav dem en matbit för det priset han hade fått av Volde. San tittade trött på Volde, det var förstås en besvärlig väg att resa då hästskorna kunde ta skada. – Vi kanske får lite att stå i om Frid löser det här! sade San och tog upp pipan. Volde tittade lite uppmärksamt på San medans han stoppade pipan. Frid kom plötsligt loss och kom och satte sig bredvid Volde. – Han kan ge oss rum för en längre tid och arbete. om vi sköter oss bra får vi mat på samma gång! Sade Frid och tog emot sin bägare. – Låter bra. Sade Volde och tittade på San börjat bolma. - Vi får nog för

pengarna vi har också. Sade San och tog en klunk. – Vi kan
börja arbeta på en gång. Sade Volde och tog en klunk. Frid såg
inte missnöjd ut utan förstod att de hade lite att göra för att det
skulle börja fungera. San nickade och Frid gick tillbaka till
Värdshusvärden som hette Sam. – vad tror du San? Ska börja
göra oss förtjänta av någonting annat en stund? Frågade Volde
och tog en klunk till – Jag menar om vi arbetar hårt och gör oss
förtjänta av lönen så kommer vi längre om det skulle behövas!
Sade Volde och trummade på bordet lite tyst. – Jag tror det ja.
Volde vi borde kanske göra så för att slippa all uppmärksamhet.
Nu gör vi stället känt. Sade San och tog upp sin flöjt. – Lova att
inte slösa mynt Volde! Sade San och började spela en sång, så att
det lilla sällskapet vid bordet bredvid började klappa händerna.
De ryktes alla med under sången och San spelade och spelade
medans Frid och Volde gjorde några magiska trix. Snart var det
fullsatt och ingen misstänkte någonting inte ens de själva. Frid
började servera borden och hon tog emot nycklarna vid tiotiden
på kvällen. San slutade inte spela och Volde slutade inte
underhålla utan Frid gick upp med deras grejer till det rum de
fått. Det var inget stort rum men det fanns tre bäddar i alla fall.
Frid svor lite tyst om packningen men packade upp allt på
sängarna. Frid gick ut ur rummet och klev ner för den typiska
värdshustrappan som fanns vid de tidsenliga stora värdshusen.
De hade kommit in i en lång korridor med många dörrar och det
verkade nästan inte fullsatt, men snart skulle det bli det. Huset
vätte ut mot en korsning och det såg inte ut att vara någonting
annat än en marknadsplats som snabbt kunde fyllas. Frid valde
att gå ner igen till bottenvåningen och ställde sig för att fylla
ölbägare när värdshusvärden kom överlycklig och gav henne en
slant. – Håller ni den här tillställningen kommer ni att lyckas väl.
Sade den runde och riktigt hårige mannen. Frid stannade upp
och log riktigt brilliant. De skulle komma väl överens om ryktet
började spridas. Tillslut var de samlade igen och Frid började
sjunga med sin övertalande vana sångröst. De bestämde sig för
att ta en paus efter det och att värdshusvärden gett ett

klartecken. San satte sig helt svettig och stoppade mynten han
tjänat in i en från början tom skinnpung. – Håller med vi gör
skillnad på pengar och pengar. sade San och stoppade sin pipa
med en ny sorts tobak som han inhandlat ifrån värdshusvärden
– Detta är vinare gårdens egen tobak sade Seng. Sade San han
började lite småle när Volde stoppade ner mynt i en oanvänd
skinnpåse. Som tur var så hade Frid några mynt också och lite
mer än de båda. Volde började bli intresserad av att lära sig
någonting nytt och när som helst tänkte han öva. Klockan hade
passerat 02.00 när de beslöt för att låta kyparen ta över och de
hade verkligen slitit hårt. San lade sig först utmattad som han var
med det mörka håret svettigt som under sommarens varmaste
dagar. Voldes ljus mörka hår var också genomblött av svett. Det
var bara Frid som tvättade sig i det avskärmade rummet. Hon
vred och vände på håret några gånger i tvättfatet och undrade
nog hur länge hon skulle orka hålla på med själva
underhållningen för imorgon skulle de upp och hjälpa till och
städa och tömma rum. Hon höll andan någon sekund och
torkade sig mot en sorts handduk. Men slutligen blev även hon
trött och gick och lade sig för att sova. Voldes natt blev mörk
och han befann sig först i ett rum som var tomt, sedan hörde
han någon sorts musik ifrån ett instrument, väggarna gav honom
kalla kårar och precis när det skulle lägga sig hördes ett skratt
som fick honom att isa. Där var någon fast ändå så inte,
personen vek sig inte undan utan rörde sig i skuggorna. Hans
ansikte var plågat av fåror och rynkade på en spänd näsa som
hök likt backade bakåt mot färgade glas. En kall svepning drog
igenom hans kropp och Volde kände sig plötsligt iskall och varm
samtidigt. Musiken höjdes och en rökridå dök upp medans det
klingade och trummade i det spöklika men vackra rummet.
Voldes fingrar blev som stela och han kände sina fötter vilja vika
sig ner. Volde kände hur kroppen började dansa runt i otid och
hur han tillslut vaknade. Det var San som knuffade honom. -
Dags att tvätta sig och mjölka korna. Sade San och öppnade
gardinerna. Volde glömde inte drömmen och den lilla sömn han

fått var en mardröm som höll i sig. Volde klev sakta upp ur
sängen och drog sig om tårna han skakade nästan. Volde insåg
snart att livet hade kommit igång och att det verkligen var en
snabb San som gick ut ur rummet. Frid var den som tog tid på
sig och vaknade med ett jättestort leende. Volde skakade lite på
huvudet och gick in för att tvätta resdammet och all annan
smuts ur sig. Frid klädde på sig över sin fasta kropp och Volde
tittade vant undan för hon var oblyg av sig. Nog för att det tog
lite tid att tvätta ur sig drömmarna hade huvudvärken inte släppt
och han gjorde sig vant i ordning och satte det långa och
gyllenbruna håret i en hästsvans. Några noter ur håret trillade ut
på kinderna och Volde som var van med att ta tid på sig klädde
på sig i all hast när San kom in igen – skynda på! Sade San och
stoppade pipan vid dörren så där som man håller i ett fat. Volde
förstod genast och började svära lite för sig själv -vid Sirowans
unkna boning! Sade Volde och kläderna åkte på. Frid var genast
klar och gick ut igenom dörren. Volde slet på sig en tunika och
stoppade in dem i sina gröna byxor och klev ut ur rummet. Han
hastade lite tyst igenom den upplysta korridoren ner till
bottenvåningen igenom den knarriga trappan. Volde gick ut till
den lilla gården bakom värdshuset till ko-båsen. Himlen stod
illröd och hade rosa moln vid soluppgången. Han öppnade ett
av båsen och satte sig för att mjölka i en trähink. Frid var i det
andra båset och så snart de var klara med spenarna så kom
Värdshusvärden Seng ut till dem och inspekterade. – De här
korna kommer ifrån ett av landets förnämaste uppfödare, jag
tror att ni lyckats bra. Nu ger vi dem lite grönbete. Sade Seng
och de ledde ut korna uti det höga gräset. Staketet runt baksidan
var högt och gräset far fullt av spillning. Det skulle komma ett
hölass senare men det skulle Seng ta hand om ensam., visst det
var bra med hö, han tog emot en spade och började göra
iordning båsen. Han vinkade åt Frid att gå in. Volde gjorde rent
hela baksidan den morgonen och det var faktiskt sällsynt med
färskt gräs i vissa områden i landet hade han hört. Det skulle bli
ordning och han väntade sig bara att höra nyheter om kungen.

Volde tog sedan ett steg ut i gräset fram till spannet och rengjorde det, hällde sedan i nytt vatten. Det kanske var det allra bästa för korna. Han höll på att slåttra lite gräs när Seng kom ut och berömde honom. Visst det skulle ta ett litet tag att få det här värdshuset på fötter igen. Men Volde var helt säker på att han skulle lyckas, vart han började spelade helt enkelt ingen roll. Volde tog sig för pannan när Frid kom ut och sade att det var dags för frukost men att han skulle tvätta sig vid en av hinkarna. Volde brukade äta frukost och han åt sedan två gånger till på dagen ibland tre. Det fanns vissa nötter som han brukade köpa och hade det nästan som sitt eget uppdrag. Bara nötterna var i gott skikt, det fanns jordbundna jordnötter och ekollon som i vissa trakter var rent av ätbara. Han tyckte att de var rätt sura så han knäppte mest utländska nötter. Marknaden var full av sötsaker och bakelser, det fanns speciella bröd och bullar som gick ner. Han hade visst många egna idéer och brukade trolla fram recept på bakverk i köket. Det kanske även gick hem här och om någon verkligen var bra på det så var det Frid.

*

Frid var färdig med disken när hon slutligen gick ut för att servera gästerna med frukost, någonting de inte var vana med överhuvudtaget. Hon hade verkligen stökat färdigt när hon lade fram tallrik efter tallrik. De tre gästerna, en lång man i sjömanskostym och två skalliga bröder samt San och Volde satt färdiga vid borden. Seng kom fram och satte sig och blev serverad med korv och bröd samt jättevarmt te. Några ägg hade han redan tagit fram för han ryktes med lite av Frids energi. San satt och nickade han hade städat hela nedre våningen och skurat med en sorts såpa. Det kala stengolvet sken i matsalen och någon tog upp en pipa och började röka.
Frid fortsatte servera men satte sig inte vid borden utan bjöd lite varstans på ett leende och det var uppskattat. Så snart de första gästerna som hade hört talas om stället kommit, fick hon lust att bara sätta sig ner. Seng var på pratsamt humör och det märktes

väl på gästerna att de ville tala om antingen det ena eller det andra. Man diskuterade öppet om hur välstädat det hade blivit och Seng lovade att hyra in flera musiker nu när de fanns i stan. Han berättade om att kungen hade kommit tillbaka och att en dräng hade gett sig ut för att få sig en blick av honom. Hur han hade krympt, kungen var i 75 års åldern och hade många saker som höll honom vid liv sades det. Frid nickade och lät teet värma halsen medans hon åt en bit ost och bröd. De var alldeles varmt välkomna den här dagen och den började bra för Frid. Hon hade sovit lugnt och blivit av med lite värk, fast nu värkte det i benen och hon kände av ridningen som en bedrift men var även van vid det. San stoppade sin egen pipa och tog ett bolmande bloss, hon tyckte inte att det luktade illa eller var på något sätt fult. Hennes hår var i ordning och hon började långsamt gå tillbaka till köket för att servera flera gäster. Stämningen var helt perfekt och på något sätt lyckades hon utöka kassan lite mer den morgonen så att San fick gå till marknadstorget och handla in lite nytt av allting. Han var i alla fall borta i två timmar och innan de visste ordet av, så var stället fullsatt mitt på dagen med skvaller och vin dränkta strupar. Tillslut lyckades de fylla hela huset och när San kom tillbaka med maten kunde de börja göra i ordning rätter och öl. Volde höll igång med sina magiska trix och skratt och applåder fick stämningen att höjas rejält. Seng var borta en stund och kom tillbaka med musiker och jonglörer. Men även drängarna fick jobba av sig och sköta hästarna. Volde pratade med Seng om hur han kunde hjälpa till att få stället att rulla bra, Seng var intresserad och de diskuterade om hur många djur de skulle ha och hur man slåttrar gräs med trä lie. Volde berättade även om hur man odlar upp och kokerskan Serea fick tips om hur man gjorde godis. Serea var även Sengs fru och i medelåldern. Volde tecknade ner några recept och började prata med San som hela tiden höll med men hade blivit lite tyst. Frid serverade lunch i det stora rummet med de åtta borden. Det var fullsatt vid varje men då och då tittade nyfikna vakter in och applåderade de med och ryktet spred sig snabbt. San började spela visor han kommit på och Volde gjorde allt för att komma i takt med musiken, när han slutligen lyckades med det ingen gjort och trollat fram en vit duva. Den hade bara landat där berättade han och snart var det även en och en annan magiker som nyfiket tittade på. Frid städade ur köket och Serea var glad med ytterligare hjälp. Tillslut så orkade de tre inte längre utan gick upp för att vila. Seng och hans musiker lyckades hålla stället igång och snart fick han mera hjälp. Han hade aldrig sett en sådan tillställning i hela sitt liv. San började sjunga en hedna-sång lite för sig själv, *Tro det om du vill men bäringen far dit jag tar min kos och till striden jag drogs, fören smal, tunna bar mitt hedna skri av gudars häl jag tar. Mitt svärd är mitt anlete och min tro är jag stark. Därför jag tar jungfru har kära far, käre bror och son. De oss de förde till oss de hörde käresta tar!* Det skulle nog dröja till innan kvällen om han skulle sjunga mer. Frid gick tillslut och lade sig för att sova en timme och de somnade omgående. Volde var den som väckte dem och han bar in några kannor vin och mat till dem - Vi fick ledigt resten av kvällen. Sade Volde och började äta av kycklingen. – Jag tror inte Seng har haft så här roligt på väldigt länge. Sade Volde tillslut – Det var väl bra! Sade San och tittade på ett nytt instrument han köpt på marknaden. – Den här åker fram nästa gång jag spelar. Sade san och vägde den lagom långa flöjten i handen. Den hade nog varit lite dyr men det var värt det tillade han och skickade vidare den till Frid. Hon testade spela en trudelutt och som tur var fick hon med sig San på sin egen flöjt och det var bara Volde som såg på och klappade händerna. *Tro det om du vill men bäringen far dit jag tar min kos och till striden jag drogs, fören smal, tunna bar mitt hedna skri av gudars häl jag tar. Mitt svärd är mitt anlete och min tro är jag stark Därför jag tar jungfru har kära far, käre bror och son. De oss de förde till oss de hörde käresta tar!* Volde började sjunga och tillslut fick han in en så glädjande ton att San reste sig upp och började dansa samtidigt som han bugade sig, Frid rörde sig rytmiskt och de började öva, men tillslut slutade sången och istället för att gå upp i takten så räckte Frid över instrumentet till San. Klockan hade

passerat 14.00 när de slutligen gick ner igen och började frivilligt
hjälpa till där nere. Seng hade redan lånat in lite hjälp och de höll
på att bära upp säckar till en gäst. San började skura i trappen
och fortsatte sin väg upp på övervåningen, han stannade upp lite
för att torka ur svetten lite, det kanske behövdes men sådana här
skurmoppar var ovanliga så han skurade med en trasa på ett
skaft vriden på det sätt han gillade. Volde fortsatte servera efter
frid och plockade av och tillslut när musikerna var färdiga med
sitt arbete kom skvallret att förbytas till allvarligare toner om hur
dant det egentligen inte var med deras käre konung som många
av dem sett växa upp och bli en stark sådan. Andra höll med och
tyckte att bägarna var tommare förut. Volde stökade upp efter
sig och gav plats åt Frid som delade ut någonting ätbart åt dem
till ölen. Bara det räckte och några som var över drack hellre
mjöd så Frid bjöd dem på någonting annat. Plötsligt kom San
ner och började spela iklädd sina kläder av bättre passform som
han hade fått av Seng som hade blivit lite mer givmild av sig: *Tro
det om du vill men bäringen far dit jag tar min kos och till striden jag drogs,
fören smal, tunna bar mitt hedna skri av gudars häl jag tar. Mitt svärd är
mitt anlete och min tro är jag stark. Därför jag tar jungfru har kära far,
käre bror och son. De oss de förde till oss de hörde käresta tar!* Sjöng
Volde i takt med musiken. Frid sjöng med och tillslut kom de
upp i sådan takt att musikerna börja spela med och ställde sig
bredvid San. De var iklädda gycklar kläder som var röda och
gula till färgen och på huvudena hade de fjäderhattar med blåa
fjädrar. En fjäder i varje hatt, Frid vred på sig lycklig och fick se
publiken ställa sig upp och dansa. Man rullade in mjödtunnorna
ifrån ett lager som Seng hade någon annan stans och tillslut var
det hel-fest. Drängarna kom in och sjöng med till andra låtar
som om det verkligen inte fattades någonting. San höll uppe
stämningen hela tiden och inte förrän sent på natten slutade de
trivas och njöt av maten som serverades alla fick vara med. *Tro
det om du vill men bäringen far dit jag tar min kos och till striden jag drogs,
fören smal, tunna bar mitt hedna skri av gudars häl jag tar. Mitt svärd är
mitt anlete och min tro är jag stark. - Därför jag tar jungfru har kära far,*

käre bror och son. De oss de förde till oss de hörde käresta tar! – Där-ingen far tar jag min skatt ur gudars träl får jag mig mitt skratt. Låten hade tillslut fått en andra vers som någon musikant med gröna kläder och strängad lyra spelade och berättade för san. – *Där-ingen far tar jag min skatt ur gudars träl får jag mig mitt skratt.* Sjöng san och man applåderade åt honom när han dansade på tårna och for igenom luften. De satte sig tillslut på varsin mjöd tunna bakom bardisken som var en bra plats att sitta på. Seng hade gått till sig och lät en kypare arbeta med en extra hjälpreda. Frid reste sig plötsligt och tog fram en bägare med mjöd, ölen var slut och hon saknade den värmande känslan och snart var de lite på lyran alla tre. Mitt i alltihopa hade de blivit fruktansvärt hungriga och började göra i ordning lite rester och nu förstod de att de hade hållit igång lite för länge. Volde var alldeles genomsvettig och San även han. Frid hade inte klarat sig nämnvärt mycket längre hon med att hålla sig undan det fruktansvärda som bara inte fick hända. Det var så mycket som kunde vara bra och rakt inte det motsatta, Frid började bli lite trött och de bestämde sig för att gå och lägga sig tidigt, de skulle hinna se mycket mer än Bergamin om det fortsatte såhär. De var tillslut överens om någonting bra och det slutade med att de somnade igen väldigt snabbt. Frids tankar om hur det var innan de åkte var som bortblåsta när hon somnade vid 02.00 tiden. Hennes drömmar kom igen att spegla sig om en plats där hennes tankar var ett under av tiden och hennes armar drogs djupt under täcket och speglade sig med en person som hon upplevde magisk och stark. Det var hennes inre väsen som talade till henne och förklarade tid och rum som en spegel där man kände det allvarsamma sanna jaget. Den ljög inte utan verkade skonsam och åtnjöt hennes känslor som om hon misstog dem åtskilda tillslut sade den någonting om att hon var Frid och verkligen inte någonting att kasta runt tankarna på. Frid var det hon hette och som en hornstöt kunde hon känna den välja henne som en vän och visa henne vägen undan alla faror som tycktes jaga henne. Tillslut slutade Frid att drömma och det bar iväg mot ett lugn i rummet. San snarkade lite svagt och rörde lite på sig trots allt som hade hänt runt omkring honom idag. Volde sov djupt och andades lugnt och bestämt undan alla märkliga saker som kunnat ske.

*

San Lum vaknade först när det verkligen började gry ute, han kände sig stel och lite överraskad av huvudvärken. Plötsligt kom han ihåg att det fanns arbete att göra, men San hade blivit van med arbeten och städning så han blev misstänksam om det inte fanns någonting att göra. Som den där gången när han hjälpte Pol med att dra stockar upp på oxkärran. Det här var minst lika jobbigt, San tog sig upp till tvättfaten och fyllde det med iskallt vatten, han började småle när han stänkte ansiktet med vattnet. Volde låg och sov men det gjorde även Frid och han lät dem sova ut. Han kunde börja arbeta när som helst och så hade det alltid varit. San letade upp en sådan där tandborste, som nästan var trubbig och fint gjord i trä. San började borsta rent tänderna och tittade sig i den lilla spegeln som satt på väggen. Även spegeln var ifrån ett annat släkte, det dvärgarnas hantverk och han började förstås förstå att han inte var ensam om att beundra själva ramen, någon hade ristat in Tyr. San tvättade håret efter att han borstat färdigt tänderna och tog fram en rakkniv. Det var tisdag och San behövde lite distans ifrån sitt eget sätt att förhasta sig på dagar. Han hade tagit till sig en del skvaller och hade genast nya sånger att sjunga ut, men först skulle det mjölkas och städas. Det kunde han göra själv det blev rättvisare så. Han skulle även mocka och gräva land någonting Seng bara gått med på tack vare Volde. San märkte att Seng respekterade Volde på ett nyttigt sätt och han blev väldigt tacksam för hjälpen. San upptäckte att Frid var väldigt nyttig och att hon kunde det där med att hålla saker på en respektabel nivå. San började raka sig och löddrade gång på gång ut lite tvål, hans ansikts-linjer var raka och han hade muskler där hakan slutade vid käken. Näsan var rak och ögonbrynen rätt låga, men han hade en vänlig blick och lät de höga kinderna spännas åt över ansiktet. Man kunde säga att han såg bra ut. Men då var Volde mer sammanbiten och

~ 43 ~

vackrare i både sätt och hållning. Han hade någonting magiskt och dansant över sitt sätt att uppträda inför människor och djur. Frid hade vackra kinder och hon flöt ihop i harmoni med sig själv och andra, precis på samma sätt som han gillade att vara arbetsam. San sköljde rent hakan efter det sista draget och tog på sig lite av Voldes parfym som han ställt intill tvättfatet. Han skulle nog hitta en ny parfym också tänkte San och började småle. San började med att väcka Frid och hon tittade upp och skyndade sig till tvättfatet utan kläder på sig. San tänkte inte mer på det och väckte Volde som lite tursamt vaknade lite saktare, han såg ut som en liten kattunge och San gick ut ur rummet. Slutligen mötte han upp med Seng och köpte lite tobak av honom, San initierade att köpa och betala för den. Efter en stund satt han ner bakom bardisken och väntade in kyparen Joel som var stadig och väl bekant med Seng, han började intressera San i olika sorters sprit och den bästa var den han tillverkade själv. Han hade tillstånd att bränna och lagra olika sorter. San visade en liten munter tillställning som passade Joel alldeles utmärkt, där han stod med sin mustasch och liknade sig själv olik alla andra. Alla var inte roade och drängarna fick snabbt springa ut till hästarna för att lugna Seng som stod och vakade över borden. San gick tillslut ut för att hjälpa drängarna med hästarna och lasta på höet. Det verkade som om en stressig morgon skulle hålla alla till Sans senare på dagen och den upplevelsen hade San fått många gånger under en period då han arbetade för Callahan. Den tiden var inte slut och det var San alldeles säker på. När de hade tjänat in tillräckligt med Del så skulle de börja om på något sätt, San förstod att allt började hänga på Volde om han inte ändå kunde börja leta efter magikerna. Han skulle föreslå det tänkte San. När han slutligen var klar med städningen och arbetet inne i stallet pratade han med drängarna som delade på arbetet natt och dag såsom i de stora sagorna San hört när han växte upp. Natt och Dag var två stora drakar som jagade varandra över natten och dagen och om man var född i ett särskilt tecken eller period så var man antingen natt eller dag och det spelade viss roll om man ville lära sig konster. San visste att astrologin var ett tecken för sig och föddes i nattens tecken. Någon gång för 18 år sedan. År 98 närmare bestämt, efter solvarvets andra kalender. Han klappade den ene drängen på axeln och de nickade, San gick in och ut på baksidan för att tvätta sig. Volde hade redan hunnit ut och mest förvånad var San men han sade ingenting. Volde tittade på San och gick fram till honom. - Hörde inte dig komma San. Jag tänkte göra i ordning det här och ge mig ut för att leta efter rektor Sadin hos Wald. Sade Volde som om han läst Sans tankar. San nickade ihärdigt och tog fram en hink ur den lilla brunnen på baksidan. Han klädde av sig till underkläderna och började tvätta sig med fingrarna. – Tycker det låter som en utmärkt ide. Sade san och skakade av sig vattnet som en hund. Hans kropp hade tydliga drag och musklerna visade små veck som om de ville fortsätta att växa ut. – Det bra San. Vi kanske hinner med det där Seng sade om att arbeta lite på obestämda tider. Jag kan ersätta er sen. Sade Volde och drog upp en hink ur brunnen. Han hade stått och räfsat lite i gräset. – Tänk inte på det Volde, tänk istället det där måste jag göra för att inte avslöja oss. Sade San skämtsamt med en stunds allvar. – Du har rätt San du får kämpa men du har alltid rätt. På ett sätt. Sade Volde och började med att klä av sig till underkläderna och tömde hinken med iskallt vatten över sig. – Jag tänkte bara att Frid inte sliter ut sig bara för att jag inte är här. Sade Volde och vred ur det gyllene och bruna håret. Hans smala ansikte sken av den kalla morgonluften och han frös inte. Volde torkade av sig på en duk och klädde på sig. San hade redan hunnit med att knäppa livremmen. – Du gör det du ska och ta en tur förbi marknaden och köp in en massa bra saker att använda som du brukar göra. Sade San och lät lite frusen på rösten. – Ok San du är en bra vän. Sade Volde och började klä på sig. Hans kropp hade även den tydliga muskler som rutor på magen och lite grövre armar än tidigare. Men han tvekade inte utan torkade ur håret med duken. Det var snart dags för San att ge sig in och förbereda frukosten. Korna var ju redan mjölkade och staketet skulle lagas, det fick helt enkelt bli staketet först. San gick fram till det höga och murkna trät och började bända bak plankor med bara armarna. Volde försvann med ett "vi ses San". San svarade med ett "Ja". Han slet verkligen ut sig den där Volde, San kunde inte hjälpa att han var uppspelt och lite illa förberedd på sådant här. Han tog tag i staketet och gick ut till en av drängarna och bad honom att ta kärran till marknaden och köpa in lite virke. San gav honom en rejäl slant på 30 Del. Han skulle ordna det. San gick vidare till den andre drängen och bad honom att lägga ut allt virke de hade på baksidan så skulle han ta hand om hästarna. Drängen gjorde som San sade och sprang iväg, San gick tillbaka till baksidan genom stallet och hämtade färskt vatten och tvättade ur hästarnas dricksvatten. Sedan bar han in hö i ett bås och började sopa golvet. San hämtade såpa och började skrubba ur de tomma båsen och slutligen kom han fram till dörrarna som han gjorde rent. Alla båsen hade inte dörrar så han tömde helt enkelt bara ut de tomma båsen och fyllde på nytt hö. Det dröjde nog en timme innan drängen med virket Sam. Kom tillbaka med sitt ärende, men han hade fyllt ut lite virke i en hög. Det var ett tjugotal plankor som gick att använda, resten fick användas till att stötta staketet. San började såga och när han var klar reste han plankorna mot väggen. Frid kom ut och berättade att hon lagat gröt och bakat bröd och bullar till frukosten. San nickade och reste upp de sista plankorna mot väggen och gick in och satte sig. Frid serverade alla åtta borden och hon gjorde det med ett leende det inte gick att ta miste på. San vräkte nästan i sig den heta gröten och brände sig åtskilliga gånger. Frid bar ut mjölk och te åt dem så att de kunde äta i fred. San fortsatte äta förnöjt och gick sedan tyst ut igen. Han hade tagit med sig en liten bit ost och åt upp den medans han spikade upp staketet, San hade blivit glad igen och höll humöret uppe när drängen kom med virke och hö i kärran. San lastade av plankorna och bar ut dem på baksidan det skulle räcka till att städa hela baksidan och

reparera stallet och ko båsen. Han skulle nog hinna med det
också, med lite tur.

***

5

Odjuret Vaknar

All luft var bunden i små virvlar, månen stod som ett mynt på
himlen halvt förgylld av olika tecken, stjärnorna var delvis täckta
av tunga mörka moln och regn. Regnet piskade mot den höga
byggnaden och vemod ilade köttsligt kring marken och de tunga
stenarna som låg över varandra som i ett altare.

D'iang, satt ihopkrupen vid ingången till nästet och smorde in
sina händer med blöt kladdig vätska som luktade rent blod.
Under gans naglar satt stora köttsår och han tog sig sakta för
hjässan. Allt hade varit ett utmärkt uppdrag att leta reda på själva
gravplatsen. D'iang rev och klöste sig mot benen som började
blöda rätt djupt. Hans kropp ville slita sig ut ur den kärna som
han byggt upp kring sig. Han kände makten av avsmak och det
ilade ilsket i känslonerverna. Han huvud och hjärta bultade. Han
började höra tungomål som han inte kunde identifiera ens om
han så kände närheten av snöret som virat sig in i hans själ. Han
förmådde inte ens resa på sig. Runt honom låg kroppar av vad
som hade varit hans trupp. Halvt lemlästade av någonting, som
verkade vilja starkare än det D'iang kunde. Han gjorde åter igen
ett försök att resa på sig men hans blodiga ansikte började

skrika. Det stack ut klor under huden på honom och han kände
sig isolerad samtidigt som han kved av hjärtats törst. D'iang
vreds motsols så att den klena kroppen knäcktes av på mitten.
Han sjönk ned livlös i marken och ur askan reste sig en gestalt
med svarta hängande ärmar runt en stav som virade sig känsligt
runt sig själv. Gestalten tog några stapplande steg ut ur
byggnaden och vred sig själv rak. Plötsligt formade sig kroppen
och D'iang kom ut ur gestaltens kläder med staven i handen.
Bakom honom kom flera personer klivandes ut ur de
kvarliggande kadavren. De gick efter D'iang mot skogsbrynet
som vette under en kulle, de fortsatte ljudlöst och vemodet låg
högt i luften, man kunde urskilja en annan balans för första
gången i luften, i jorden, i träden, i staven och i all blodspillan.
Det började lukta lik ganska snabbt och andetagen var uråldriga
men måttligt ilskna. Man kunde känna en odödlighet i blodet
innan det isade och försvann. Det slutade sjunga i skogen och
ondskan var återigen väckt till liv.

*

Volde Callahan vandrade långsamt över gatorna i Bergamin och
tittade försiktigt runt omkring sig som om han inte kunde släppa
en tanke som hela tiden jagade honom. Det började smaka surt i
munnen på Volde och han letade efter sig själv. Plötsligt hade
det kommit över honom mitt i folkvimlet där de gick i alla slags
färger och människosläkten. Marken var sten och man kunde
nästan urskilja ett ordinärt hantverk som skiljde sig lite ifrån
vägarna mellan Duel och Bergamin, Duel och Tavell. De tre
städerna var som kanterna i en mystisk runa som Volde läst om.
Han märkte att människor började med ett allvarsamt beteende
och att de verkligen började knuffa på varandra och ta steget ut
in mellan håliga gränder och ute platser. Några soldater stannade
upp och blev nästan omkullkastade när de gick runt. Volde
försökte hitta den närmaste vägen till kungliga palatset medans
han gång på gång kom på villovägar och avvägar. Han kom fram
till ett litet torg där det stod några nyhetsuppläsare och talade
med varandra och med åhörargrupperingar och vakter. Därifrån

hittade han och när folket stod och pratade som mest kunde han hitta ytterligare en utväg. Volde kom tillslut fram till sin enda utväg och gick mellan de ståtliga byggnaderna med vit sten och fönsterluckor med balkonger och människor som talade överallt vid värdshus och verkstäder som snickare och tegel-makare. Här och var gick människor runt och tiggde och Volde tycktes se en munk passera över gatan. De predikade säkert om gudar och vigde par samtidigt som de gjorde nyttiga saker. Volde hade velat följa munken men avstod sedan ifrån det. Han kom slutligen in i en park där en av vakterna stannade honom och frågade vart han var på väg. Han skulle träffa Wald och att han hade vänner inne i trädet som måste vara en början på hans långa resa. De förstod med en gång hur han var samman. – fortsätt bara rakt fram. Sade vakten till vänster som var en plikttrogen sorts vakt med smalt ansikte och officersgrad. Den unge sergeanten bredvid kunde givetvis ha varit lite besvärlig om han inte hade haft en högre officer bredvid sig. Volde tackade och tankarna surrade på det märkliga huvudstads målet, som de talade här. Parken var stor och hade träd som en ålderdomlig begravningsplats och av någon anledning kom han i de tankarna. Volde gick upp för en enorm byggnad och trappstegen där var upplysta av facklor och lyktor. Han gick i spiraler minst i 5 minuter och innan han var framme var det lunch. Volde trodde i alla fall det och steg in i ett väl upplyst rum med vävnader på väggarna och facklor mellan dem. En vakt kom fram till honom och han förklarade vart han skulle. Efter en stund släppte han förbi Volde och följde med mot det rum i slottet där Magikern satt. De båda kom fram till trädet och stannade till vid ett runt bord där alla satt samlade och rektor Sadin reste på sig och bad honom slå sig ner och berätta vad som hänt. De samtalade i fyrtiofem minuter tills de förstod att han inte kunde ha kommit frivilligt. Wald satt på en stol bakom bordet och reste sig upp tillslut. – Det är så att vi har fått en ny uppgift. Odjuret håller på att vakna och med honom Sirowan. Odjuret är en man vid namn Deawon eller var en man vid det namnet. Det är inte säkert i

Lyndia om han gör så och råkar väcka Sirowan. Sade Wald och tog fram en bit papper där det stod vilka saker som skulle vara ett tecken på uppvaknandet. – Vår vän Volde här är lite speciell sir Wald. Sade Sadin och Tagul höll med. – Vi måste lära honom att förstå hur en stav fungerar så han måste få följa med. Det är inte heller osant att han är född i ljusets tecken och en tänkbar ättling till Vildun den mäktige. Sade Sadin och Tagul höll med nickandes mot Wald. – Kan han inte behärska sin magi sade ni? Frågade Wald och nickade till Volde som såg det hela som en ära. – Jag kan trix och magiska formler, men jag har inte hittat den staven som tilltalar eller talar med mig. Inte en trä-sort. Sade Volde och lutade sig framåt mot de allvarsamma männen vid bordet. De var samlade alla tolv. – Då låter vi Volde själv söka upp den sorts stav han önskar.

Sade Wald och reste på sig och resten gjorde likadant.

Magiker i alla åldrar de flesta med skägg och två utan. Det var D'iagur och Lothar som var skäggfria. De kunde inte ha skägg de var krigs magiker. Volde följde efter wald in i en sal och där fanns alla sortens stavar och vapen. Vid första anblick kände Volde hur en av stavarna kallade på honom och det var en speciell stav som han aldrig sett förut. Han kände på den och körde ner den i marken så att det började skaka i hela byggnaden. – Lätt, sade Wald och tog fram en pergamentrulle åt honom. – Dessa är inte dyra, men det är staven. Den ägdes av Vilduns vapenbror Asagur. Asagur befriade Vildun en gång i strid med den och vann över den först 500 år senare. De var båda halvgudar Volde så var försiktig. Sade Wald. Volde nickade och tittade på vapnet som det främsta av utmärkelser någonsin. Volde gick fram till övningsdockan som stod i mitten av rummet och gjorde en gest med staven så att dockan fattade eld. Ett mummel gick igenom resten av sällskapet och Sadin gick fram till Volde, - Det var verkligen bra Volde. Du är nu invald som magiker av första graden. Sade Sadin och klappade Volde på axeln. – Nu går vi och reder ut med hur ni vill bo och sedan måste vi hitta Deawon. Sade Sadin och Tagul följde med efter

Volde. – Tror att Buldeswal kan bli ett problem om vi inte reder
ut det också. Sade Tagul och ställde sig vid snedden av Sadin. –
Jag skickar ett bud sade Wald och tittade på Volde – Buldeswal
är bara en soldat som gör som han vill, inget riktigt problem
som Deawon. Han är den svarta sidans väktare och när sade du
att du var född Volde? – Maj ljusets tecken år 99.sade Volde och
tittade på Wald. – Nedrans munkar, Ja år 99 eller år 2358 rättare
sagt. sade Wald och tittade ner i golvet med sina blåa
uppspärrade ögon. Volde nickade försiktigt han började förstå
munkarnas arbete. – Det här kan vi inte bortse ifrån, Alderdon
dog den dagen. För 2375 år sedan. Sade Wald och tittade på
Volde, - vi måste börja lära ut folk som munkarna gör. Men jag
kan inte resa med er måste stanna hos kungen. Sade Wald och
klappade Sadin på axeln – Du får ta ansvaret Sadin. Sade Wald,
Han hade bestämt ingen dålig ursäkt den här dagen. Volde följde
efter Sadin in i salen där de samlade in sina stavar eller svärd. –
Vi får ta med oss lite pengar och kanske mynt Volde, du
kommer att förstå det en dag. Sade Sadin lite klumpigt. Han
verkade förstås lite upprymd och avsaknaden av planer kunde
störa dem i tankeförmågan det förstod givetvis Volde, men han
förstod inte det med mynten. De senaste dagarna hade han lärt
sig leda utan mynt och kraften hälsade på honom lite lagom
starkt. Han kanske inte var någon enkel stadsbo utan det som de
sade väktare som Asagur. Volde tittade runt i det upplysta
rummet och fönsterna vette ut mot gården där olika sorters
blomster började dyka upp. Det var en månad kvar tills hans
födelsedag den 3maj. Volde gick efter magikerna och slutligen
kom de ut efter att ha gått i de besvärliga trapporna. Han
längtade tillbaka till värdshuset närhelst det började bli
lunchdags. Det tog inte många minuter för dem att gå den långa
vägen till värdshuset och Volde tyckte sig känna igen en av
magikerna som var med sedan gårdagen. Mycket riktigt var han
stolt att presentera värdshuset för Sadin som lite nyfiket och
skrattande insåg att det var dem. De fortsatte in och hälsade på
Seng och Frid som stod och torkade sig i pannan. – Jag går och

hämtar San sade hon och fortsatte in i rummet där köket slutade. Volde tog emot en tallrik ärtsoppa av Serea och de satte sig vid det o-dukade bordet och fick skålar med äpplen, skålar med skinka, skålar med nötter och varsin tallrik ärtsoppa. Det fanns fisk och sill men inte vilken sorts sill som helst, bara den ny inhandlade färska Bergamin sillen. Volde trollade fram några bestick ur handen och började äta. Allt handlade om självkontroll och det fanns det nog gott om, bara man följde Walt. Sadin åt en bit bröd och ost, det fanns en sorts annan fisk han tyckte mycket om och den gick väl till den nyfunna matlådan. Seng serverade fläskkött och några magiker tackade nej men andra åt mycket uppmärksamt. Det kom flera gäster och de samtalade öppet med varandra och tillslut hade de lyckats göra det hela perfekt. San kom in och var varm han hade tvättat av sig och Frid höll på att göra det. Drängarna gick in och tog magikerna i hand. – Vi vill utbringa en skål för Volde som har blivit magiker av första graden. Sade Sadin och Tagul höll med och höjde ett glas med Vin – Jag blir så gråtfärdig av alkohol. Sade han och Seng skrattade och höjde sitt glas. Man samlade flera musiker och lät festen börja. Volde tog sig ett glas sprit och drack medans San stoppade sin pipa och fick med några av gästerna att göra detsamma. De tretton magikerna med Volde inräknat hade en trevlig tid och åt grönsaker och fisk en timme medans buden dansade in och ut genom dörrarna med saker ifrån marknaden och snart hade de alla en ordentlig packning var och San fick ett svärd som om han någonsin hade använt någonting annat. Man Tackade Seng och betalade honom för den lilla tiden de varit där och lovade att återvända snart. Seng var glad nu hade han fått allting på fötter igen och hans leende gick inte att miste på. Volde, San och Frid skakade hand med honom och kramade Serea. Voldes två vänner förstod först inte vad som var på gång eller riktigt insåg det hela som någonting ovanligt de trodde de skulle hem.

*

D'iang gick slutet i öknen runt de salta stränderna av ånga och solrök. Det inte ens viskades bakom honom och hans ansikte var uttryckslöst och isande sammanbitet med glödande ögon. Han hade snart flera efterföljare och alla var lika själlösa som han där han gick skrapande så att det yrde. Några mötandes kom och D'iang hälsade dem med att hålla händerna på deras axlar. Någonting de inte sade, de två mötandes var vänner sedan länge svunna tider och slutade aldrig missförstå varandra. D'iang sade någonting på det språk som för honom verkade o-främmande och den andre svarade långsamt – Deawon av mid, min förståelse för din kraft är enorm. Jag avundas dig alltmer. Min känsla för övermod är inte långt borta. Varför glömma bort saker vi kan lära oss? Sade den mötandes och började gå bredvid honom. – Jag har ingen själ den svarte. -Vi måste mötas där själar finns. Sade Deawon och de skrattade och fortsatte över ökenviddorna. Man saktade inte ner och de trettio krigarna fortsatte rakt in på grässlätterna någonstans närmare det Alviska slättlandskapet i öst-Alderna.

*

Frid nickade tyst när hon hoppade upp på en nyinköpt häst ifrån Norra Lyndia, de sade att staden hette Cal så hon döpte hästen till Cal. Det var en svart Hingst och de tre var likadana så de fick helt enkelt hitta på hästnamnen på vägen. Det fanns en by som hette Cal, den var ganska så intressant att vandra till om man hade ork att sova en natt under bar himmel. Det fanns en stad som hette Segoyna, uttalades "se-go-ina." man kunde om man ville resa dit men det skulle ta flera dagar. Frid gick som vanligt inte miste om de olika utsiktsplatserna det fanns riktigt med berg till nordöst om duel och i den riktningen låg duel. Frid stannade upp på hästen och följde hela vägen fram till porten med det stora följet sedan stannade de till och såg efter om hon följde som hon skulle. San red före henne och efter följet. Längst fram bredvid Sadin reste Volde och när man slutligen hade fått olika nyheter ifrån magikerna hade ett resmål dykt upp och det var igenom Vargpasset fram till Segoyna. Vargpasset låg efter en klippig väg som kunde ta flera dagar om man inte var försiktig och kanske aldrig nå fram. Segoyna låg efter kusten och det var det säkraste farvattnet om man skulle resa med båt. Frid hade åkt många gånger ifrån Bergamin och stött på pirater på avstånd. De var ökända och gav sig inte ifrån att överfalla små städer eller fartyg. Frid antog att de var en dålig ide att åka den vägen om man inte ville bli sedd. Det kanske var en dålig ide trots allt. Hon tittade på de ridande männen och föreställde sig en riktig tur med sällskap och god mat. Det kanske värmde henne att inte vilja äta ensam och slippa arbeta en stund. Men snart insåg hon att det inte var en nöjes resa eller ett äventyr. Hon förstod först inte meningen alls. De började småprata lite och man försökte hålla god stämning. Med Buldeswal bakom ryggen i Duel någonstans så ingick det att verkligen försöka trivas med sig själv och försöka låta som om det var intressant att över huvud-taget slippa tänka. Frid agerade som om det var en trivsam miljö och hon var van att resa och hon var van att ta sig framåt även om det inte behövdes. De hade till en början tur och Frid trivdes med det, hon kom och tänka på en by nordväst om duel Gwell, där hade hon sålt ostar till Norn en gång och med Volde som hjälp. San hade backat upp dem med olika sysslor och de kunde ge sig av med Pol hem igen, det var ingen trevlig upplevelse i början. De hade fått stå i regnet och leran hela dagen. Frid skänkte dem en tanke och började vissla högt och det smittade av sig. Volde och Sadin stannade plötsligt upp och volde red emellan Frid och San där de hade hamnat bredvid varandra. – Vi är ute på ett farligt uppdrag, det kanske visar sig klokt att alla vet om det. Sade Volde och drog fingrarna för pannan längs

näsryggen. – Det är Deawon vi letar efter, och staven. Sade
Volde och ryckte i tyglarna och vände om. Frid kände sig fånig
med putande mun och troligtvis kände hon en del saker med det
här som skulle förändra hennes syn på sig själv och sina vänner.
San stelnade till och tittade på Volde. – Det är den gamla
nekromantikern, han som red kaoset under Sirowan. Han är inte
den farliga, men han är ondskefull, det sägs att han rider med 30
krigare ut ur stormen som låten. sade San. Sadin hörde på lite
längre fram och svarade. - Mycket riktigt San. Han är den farliga
stavbäraren. Vi ska bara ta staven så att vi återställer balansen.
Sade Sadin och tittade på Volde hans mörka röst fick de andra
magikerna att nicka bestämt. – Jag har ett uppdrag åt er andra.
Lova att göra som vi säger. Ni ska finna er själva och låt ödet
spela ut sina tärningar för ni lär behöva dem. Jag ser även andra
krafter hos er. Sade Sadin och kliade sig under sin mantels slut.
Frid tittade på Sadin som började lite småtrumpet bita ihop.
Tagul tittade på frid – Jag tror att det här blir en lång resa. Vi får
skicka bud till fru
Callahan när vi når Segoyna. sade Tagul och de började mana på
hästarna lite grann vid den klippiga vägen. Landskapet bredde ut
sig som ett silvrigt täcke av stenar och buskar allt ifrån olivträd
till konstiga bär buskar. Frid lät tankarna vila fritt och tittade tyst
framåt längs den klippiga vägen. Volde och Sadin samtalade när
de red och hamnade bredvid varandra. – Jag tror att det här blir
bra. Sade Sadin och saktade ner hästen. De stannade hästarna
vid en dunge där det gick en klar bäck. De hade ridit fyra timmar
i sträck längs den branta och rangliga vägen. Man samtalade om
den svartes spioner och hur de lyckades nästla sig in i Tavell. De
hade uppenbarligen varit ute efter någonting. Volde och San
satte sig ner mellan två stora stenar och de hade en del att säga.
Volde inspekterade sin stav och reste sig upp och gick iväg med
den. San tittade mot Frid och hon hade inte kunnat urskilja vad
de sade, Frid gick fram till Sadin som tog av sig huvan så att
håret flöt ut alldeles magiskt silverfärgat. – Vi kanske når fram
till Segoyna och till Alderna om några dagar om vi har tur. Sade

Sadin och tittade upp mot himlen där fåglarna började samlas i flock. – Det luktar vättar. Sade Sadin och vred på staven. Frid tittade mot himlen och kände hur de samtalade högt mot dem. – Kanske ett kadaver. Sade Frid och tittade mot Volde som stod och övade sig med staven. – Hur länge tror du att det tar för honom att lära sig använda staven. Frågade Frid – Så länge det finns hopp finns det ljus. Sade Sadin och satte sig på marken. – Vi måste vara tålmodiga och jag har ju lite att lära ut till er alla. Sade Sadin och sträckte ut sina händer mot en osynlig eld. Tagul gick och satte sig bredvid Sadin och drog ett djupt andetag och lade ett vedträ på marken och det fattade eld. – Känner ni för att spela lite kort? Frågade Tagul och tog fram en vacker lek med färgade kort. – Ja. svarade Frid och satte fast hästen mot ett litet träd vid lägerelden. Sadin mumlade någonting men nickade och de tre satte sig mitt emot varandra och såg varandra i ögonen när San kom och lade en filt på marken. Frid hade inte sett honom och blev förundrad hans hår var genomblött av svett och han hade inte själv anmärkt någonting om att någonting var på tok. Sadin lyfte fram sin packning och tog fram en vattenkanna och fyllde på vatten ur ett horn. – Börja ni först. Sade Sadin och strödde någon märklig ört över den och ställde den i elden. – Jag kokar lite te. Såg att ni har blivit trötta av resan. Det här hjälper i natt.

Sade Sadin och tittade mot himlen och fåglarna var borta. Tagul började lägga ut kort och de skulle försöka få ett högre kort varje gång. Tillslut hade alla samlats där och någon kom med tärningar. Man fick ju inte titta på korten. Tillslut drog någon ett skämt om att Tagul fuskade och San höll på att vrida sig av skratt. Han lade en fyra, då lade San en trea osv. Volde hade kommit tillbaka och ställde sig vid tärningarna och en av filtarna. De slog ut tärningar och lite insats fick dem att ändra uppfattning. De tärningarna Forn hade var helt enkelt tärningar man inte kunde fuska med. Tillslut satt alla ner med benen i kors och kastade tärningar mellan sig och Frid höll räkningen i det

tärningsspelet. Frid räknade olika saker som räknades och
fattade en bit kolpenna och började rita ner poängen.

Forn 58 poäng

Tagul 43 poäng

Diagur34 poäng

Lothar 26 poäng

San 19 poäng

Volde 13 poäng

Drewin 9 poäng

Althar 6 poäng

Cobal 6 poäng

Xander 6 poäng

Liurn 6 poäng

Holz 5 poäng

Ulthur 4 poäng:

Frid var ju inte med men de var femton stycken och så snart de
hade spelat klar började man göra i ordning mat och bröd. Hon
samlade in ved och kvistar så snart elden hade vuxit kunde de
göra i ordning mer mat. Det steg inte mycket rök för man hade
valt att hålla en låg medvetenhets grad ifrån omkring strövande
tjuvar och banditer. San satte sig vid lägerelden och värmde
fingrarna, det kanske inte var mycket snö här på vintern men i
bergen var det kallt långt in på juni. Volde satt och beundrade
staven och Frid hade inte talat med honom sedan de satt på
hästarna och när det verkligen började forma sig till kväll lade sig
de flesta med fötterna mot elden och Drewin satt eld-vakt. De
hade riktigt inte presenterat sig så att lära sig namnen gick lite
långsamt för Frid. San satt och bolmade på sin pipa och drack ur
en flaska vin som han hade fått av Seng. Volde satt och spelade
kort med Tagul och ibland kunde det hända att någon av dem
trollade lite och satte en munterhet bland de som såg på. San tog
tillslut fram flöjten och spelade lugnt på sin sång och lät

tankarna bero. Volde skrattade till ibland men hade blivit allt
mer tystlåten.

*

D'iang slet sig in i rummet och kastade omkull bord och stolar
med en hand-svepning. De hade suttit samlade och nu föll de i
händerna på den hemska varelsen. Det blixtrade till av dragna
svärd i rummet och Alverna som stod vid sidan av kastade sig
rakt på de instormande. De spetsiga öronen dansade tvunget
och var stans flög det pilar mot mål som väjde undan varje pil.
D'iang kastade sig mot en alv och lyfte upp den så att det vita
håret skvättes ner av blod. Snart kastade sig flera av Alverna mot
D'iang och satte spjut och svärd i kroppen på honom. Men
köttsligt rykte han ut dem med de glödande ögonen. Det var
snart ett blodbad och ingen riktig ville ge upp eller hade känsla
för att låta blodet isas sönder av demonerna. D'iang slog omkull
de sista kämpande i gröna trikåer med en besvärjelse och lät pilar
och svärd förbytas ut till ett inferno av mörkblå ljungeld. Det
isade till där inne och några av alverna slets itu av armar komna
ur deras kroppar och de föll handfallande mot det blodiga
trägolvet. D'iang vinkade in resterna av sina trettio krigare och
de började festa på de fallna alverna. Några drack vin och andra
slet i försvarslösa kvinnor så att kropparna syntes helt. D'iang
gick emot en hög piedestal och satte sig där. Hela han tycktes
sova när det hela pågick. Besten hade vaknat

*

San spelade långsamt när det började gry, det gick runt olika
sorters småfåglar vid kanten av vägen. Han försökte tyst imitera
dem där han stod mitt i vägen. Hans hår lekte lite tyst i vinden
och olika slags djur skyndade förbi längre fram. San såg dov
hjortarna och några rådjur samt ekorrarna. En stund satt en fjäril
på hans finger och flög iväg. San spelade muntert olika sånger
och det studsade mystiskt mellan stenarna och de olika

~ 58 ~

fingerslagen. Noter, hans huvud var fullt av noter och det gick
inte att ta miste på. Frid hade vaknat och var iväg och tvättade
sig vid en bäck. Det hade San inte gjort den morgonen för det
Volde berättade på vägen dit skrämde honom mer än Volde.
Hela ön var bebodd av mystiska varelser och fick de upp
ögonen skulle han bli jäms med marken resten av sitt liv. Volde
betydde beskyddaren och San betydde ljusets bärare och ibland
så kände han en lust att ta de munkar som hade skägg vid det.
Frid visste han inte vad det betydde eller om det fanns någon
lärdom om. Tur för henne tänkte han och tog sig om hakan och
slutade spela. Alla sändebud hade vikit av i Bergamin och San
som trevligt nog förstod dem och han tyckte att de var
beundransvärda och ibland gick tankarna runt de olika sorters
läkare och läk kunniga som fanns i Duel. Vad de kunde få utstå
när häxjägarna satte igång. De trodde väl på andra saker och det
var en tid av magi. Volde kom precis och ställde sig bredvid
honom och tittade ut på vägen. – beundrar du utsikten San?
Frågade Volde lekfullt och tog Sans pipa och stoppade den i
munnen. Han stoppade den med en sorts tobak som Sadin
odlade själv. – Ja Volde och om det inte riktigt får plats med
flera så är det inte mitt fel. Sade San lite trotsigt och gick och
satte sig bredvid Sadin som lyckades hålla sig på glatt humör. –
Vi måste straxt ge oss iväg San. Sade Sadin och tog upp en bit
torkat kött och gav till San. – Ta den här, vi får äta mer sedan
när vi kommer fram. Sade Sadin och klappade San på axeln och
reste sig upp.
Volde tittade sig över vänstra axeln och hoppade upp på hästen.
– I Segoyna får vi lämna kvar hästarna och hoppas på att
Alverna i huvudstaden Aldena hjälper oss i Alderna. Drottning
Sarosu Aldena kanske är givmild, men kanske även hård. Sade
Sadin. – Hon är 600 år gammal. Sade Sadin och tog upp en pipa
och satte den mot mungipan. – Jag tror att vi klarar det. Sade
Althar och red bredvid San och nickade. Frid red bredvid och
satte upp håret så att bröstvårtorna stelnade till under den tunna
blusen. Det var nog inte så varmt trots allt tänkte San och

hälsade på henne. Frid log till och tog ett fast grepp om tyglarna och red före. – ska du inte ta på dig mer kläder? Frågade San och försvann in i tankarna. Frid tog samtidigt på sig en yllerock som var stor nog att ha på sig. "i all enkelhet" tänkte San och red efter lite långsammare för att inte störa hästen som tycktes njuta av vädret. – Oroa dig inte San. Sade Althar och stoppade sin pipa bredvid San. – När de är gamla nog jägarfolket så har de olika saker gemensamt. Hon kanske hittar den väg där hon kom ifrån. Sarosu är klok, hennes folk gör allt för jägarfolket. Sade Althar och började bolma på den långa pipan. San tittade med sina nyfikna ögon på Volde som samtalade med Frid och oturligt nog hade de alla tre tid att göra av med, det var ingen handelsresa. Det började smått regna när de kom fram till krönet av vägen där den delade sig i tre olika vägar, en gick mot Cal och den andra gick igenom vargpasset. Segoyna var säkert fullsatt av handelsmän och soldater ifrån östra Duel. Althar och San diskuterade om bergstroll med sina massiva kroppar och hur de kunde överraska en i Valur bergspasset. Deras armar var som massiva fettklumpar och slet itu människor eller satte klorna i dem. Det var alldeles säkert att Lyndia var en frizon och att människor och alver hellre satt vid olika bord. San var medveten om historian om Alderna och hade varit där kanske fem gånger sedan hans föräldrar dog i ett överfall av tjuvar. San kände ingen som var mer än Volde var för honom eller Frid. Han hade valt att gömma sig där i Callahans värdshus den dagen och han kände en sorts skuld varje dag. San erkände aldrig att han vunnit sin lott i livet tack vare sina föräldrar och tänkte genast i andra banor. Staden höll på att förfalla och så även den delen som varit honom kärast. Althar gav San plötsligt en karta och någonting som han tecknat ner på hästryggen. – Ta den här, utifall att vi har olika vägar att gå San. Sade Althar och San tackade och tog emot. Man brukade kalla Lyndia ön men det var i själva verket en halvö och oturligt nog så fanns det otrevligare länder ännu längre norrut. Det var visserligen inga varma länder och kungen i Kil var en riktig rövare som lät bli att lägga sig i andras affärer bredvid fanns ett land som hette Sadew och där var alla vänliga och ibland kunde olika handelsfartyg segla i hamn i Bergamin. De höll piraterna borta och gav alla olika sorters handelsvaror pälsar och jaktvapen. De var ute efter Del i varje fall, och San gillade de nya mynten som han samlade på ifrån Sadew, de var helt enkelt goda att växla in hos köpmän och torghandlare. Det satte igång rykten om de hade sådana mynt i farten. San gissade på att han kunde ha känsla för det där med handel, han var inte dum och när han väl hade byggt klart sitt värdshus skulle han samla in alla för en jättefest. Han tittade på Volde och Frid, det verkade som om de verkligen hade saker gemensamt. Det slutade plötsligt regna och de stannade till i passet. San hoppade ner ifrån hästen och gick fram till Volde. De två tittade på varandra och nu var de tre samlade igen. – Vad bra att du kom hit San. Sade Volde och gav San pipan, San nickade och tittade in i passet som var fullt utav faror. – Jag tror att vi måste vila hästarna här, det kan vara farligt så dags. Sade San och tittade på Althar som ridit fram till honom. – Ja det är för tidigt på morgonen vi måste ta det lite lugnt. Sade Althar och steg av. Han plockade fram sin stav och ställde först in i passet och spejade. Sadin hoppade ner ifrån sin häst och gick fram till Frid. – Nu kan ni verkligen byta om och se till att klä er lite varmare idag. Sade Sadin och plockade ned Frids packning ifrån hennes häst. Frid nickade och tog emot packningen med sina kläder och rev ut en ylleklänning. Hon klädde av sig helt oblygt och sänkte sakta klänningen över sig och tittade på Volde och San som om de verkligen varit dumma. – Se så byt om. Sade hon och manade på dem hon ville nog veta om de verkligen hade tagit med sig kläderna. De tog ner sina packningar och väskor och gjorde samma sak. Volde bytte om medans han förde på sig äkta Sadew ylle och byxor ifrån Alderna. Den tunna vårsolen hade tittat fram uppe i bergen och snart skulle olika former av djurliv verkligen titta fram. San Bytte om till sitt ylle och tog fram sitt svärd och fäste det vid midjan. Volde tog ett fast grepp om staven och gick bakom Althar och Sadin ute i det främsta ledet. San kilade nyfiket ihop väskorna igen och hängde dem över hästen. Han kände sig för första gången stolt och vemodet hade försvunnit ti en inre balans han kände kamma hans hår. Ibland kände han olika sorters lugn andra dagar det som bortblåst. Det var ingen sådan dag.

***

6

Resan till främmande mark

Volde Callahan satt tyst på hästryggen den sista biten av vanliga vägen igenom passet. Althar hade stött på en varelse som kastade sig över honom och försvann. Kummelgastarna hade samlat sig runt hålen och grottorna som förr hade varit fulla av antingen troll eller vargar. Det var så tyst nu och man kunde höra vinden vina och susa igenom grott-öppningarna och ett lugn isade belåtet över det slag av stenar och ogräsväxter. Volde satt tyst och hörde hovklappret eka mellan stegen och han saknade sin säng och kände sig allmänt stel i kroppen, några tunga moln höjde sig säkert över den tunna solen och han såg småflugorna susa över sig. Frid satt tyst bredvid på hans högra sida på sin häst hon kallade Cal. San red bakom honom och Volde tycktes höra hans häst klappra alldeles för sig själv. Det var några kilometer att gå och milen som snart var förbrukad inne i passet lurade honom hela tiden tro att det var ett äventyr och han kunde framför sig se de stora arméerna rida igenom med tung rustning och fanor i luften med allehanda trummor mot snarstuckna varelser och hot. Volde red inte så långt efter Sadin som muntert talade med Althar framför honom. Det kanske dröjde innan man verkligen kunde känna igen de olika sorterna av växterna de såg alla lika sammanbitna ut och

~ 62 ~

kämpade verkligen med att tränga upp ur den steniga marken.
Volde drack lite ur sitt dryckes-horn och svalde det vattnet han
hämtat in ur bäcken. Hans tidigare försök med att tämja staven
hade inte varit helt förgäves och den talade till honom på ett sätt
som inte var olikt det andra med de magiska formler och
sinneskraft som han övade varje dag sedan 2 år tillbaka. Volde
satt och tänkte medans hans friare tankar på något sätt sårades
av tanken på Buldeswal och flykten som gick lugnt till. Hans
lugna dagar kunde ha varit räknade och om han inte hört fel så
var Deawon någonstans där man skulle kunna känna honom i
luften, mjölken sades surna och blommor dö ut och vissna. Det
började höras fågelsång och Volde kunde lägga manken till att
det snart var dags att ge sig in i rätt tillfälle att fråga Sadin om
mer. Volde red fram till Sadin och ökade Volde takten saktade
Frid inte ner och red nästan lika fort fram bakom Sadin. – Sadin
hur och vilken båt ska vi ta. Frågade Volde och saktade ner när
Sadin saktade ner. – Vi är framme om några dagar. Högst två.
Svarade Sadin och tittade upp mot himlen de var snart ute ur det
riktiga passet. – Det finns en rastplats snart och vi får inte trötta
ut hästarna de ska en vän till mig ta hand om inne i Segoyna.
Sade Sadin och Tagul kom fram vid utgången ifrån passet. – Vi
får helt enkelt vila där. Sade Tagul och hoppade ner ifrån hästen.
San och Frid följde efter och till-sist Volde. De fortsatte leda
hästarna utefter sluttningen mot barmarken som omgränsande
området. Volde följde efter Tagul och det gjorde även San Frid
gick bredvid Sadin och när de verkligen var framme vid den
plats som Sadin utsett såg Volde varför. Det fanns en liten
brunn och en jaktstuga där, Drewin gick in och såg att ingen var
där och Lothar följde efter. – Den här finns inte på kartan. Sade
Cobal och gick fram till volde med sitt solbrända och breda
leende. Volde förstod inte det och gick in i stugan. Det luktade
murket trä och gammalt. Det var en behaglig doft av kol och
gamla fiskelinor för den lilla forsen som gick förbi där bakom
antog Volde. Forn gick fram till lägerelden och tände den med
ett elddon. Frid gick in och satte sig vid en stol bredvid ett bord

alldeles mittemot elden. Hon sjöng lite lågt och vackert men lät inte någon irritera sig på henne, Volde gick och satte sig mittemot och tog fram lite torkat kött och en bit tomat och de byttes bort till en bit bröd ifrån Frid. Hon hade tagit med sig en hel del annat och några vitlökar ifall de skulle koka någonting vid något tillfälle. San gick in och satte sig på en pall och bredvid ett björnskinn, Liurn som var en jägare och skogsmagiker satte sig bredvid San och gav honom ett vildäpple och en bit torkad fisk. Sadin satte sig mitt emot San och Liurn och tillslut lade någon fram en fäll och första tärningen var kastad. Xander satte sig mittemot Sadin och tog fram en trave med tobak och bytte den mot ett horn öl som Sadin hade med sig i väskan. Ulthur satte sig vid Frids fötter och lutade sig ner i sin väska och lyfte fram ett pergament erat papper och gav den till Frid som skickade vidare den till Volde och han lade det på bordet. Holtz ställde sig för att värma fingrarna vid elden och snart var det verkligen kväll. Mummel gick igenom stugan och ölen kom fram tillsammans med en del vin och Sander tog fram grytan och fyllde den med vatten som Liurn kommit med, San började spela på flöjten och Cobal började sjunga på en skogsvisa som de aldrig hört förut och Sadin försäkrade Frid att det var en sång som var lika gammal som Wald och Wald var gammal. Forn tog en bit av var och en och lade i grytan samtidigt som Holtz skalade en majskolv, Drewin tog sig en rejäl sup av en brännvinsflaska och fick San att spela ännu högre. Althar kom in och bytte ut vakten med Xander, som klappade Cobal på axeln - vi byter sedan. Sade Xander. Volde gick fram till elden med de kryddorna som stod på pergamentpapperet och hällde i dem tillslut tog han ett knippe örter som de hade. Detta var för att träna sinnena och om man inte kunde förmås känna efter så kunde man heller inte förstå, det var vad Norn brukade säga och för första gången reste de utanför Lyndia utan Pol och Norn. Volde började tänka på staven som ett sätt att undfly allting annat, det var som om han befunnit sig där den morgonen han fick reda på det. Det var redan onsdag och som tur var hade han inte lust att föreslå någonting annat. Det var ett ärofyllt uppdrag och Volde som lärling hade aldrig heller befunnit sig i en sådan situation, han förmådde känna efter på riktigt igen och det de gjorde för Seng var det enda rätta hoppades han på och att hitta en annan ursäkt för att han ville fly undan det vardagliga livet var för klent för honom. Frid tittade på Volde som om han gått ifrån alla viktiga tankar och slungat in sig i en spiral av myter, men det var det enkla liv han kunde och han kände ju henne väl där han satt med sina noter ur håret och blossade på en pipa han hittat i packningen. Frid var hela tiden medveten om hans kamp för att kontrollera kraften och lyckades känna efter om hon inte kunde få en chans att beskydda dem, San och Volde. San kom och satte sig efter att han spelat klart och de tittade inte varandra i ögonen utan hade blivit uppskrämda av Deawon och han sades aldrig vila förrän han hade fått tillräckligt med själar och då började det otrevliga om det nu inte redan hade börjat. San tog en bit torkat kött och åt av det, han hade börjat lockas av maten när den väl hade hamnat på uppvärmning. Volde insåg att det verkligen var en bra ide att känna sig för igen och gick fram till grytan. Frid började fläta håret och tog sedan tag i en stav hon hittade mot väggen. Det var nästan som ett spjut och kunde mycket väl användas som ett sådant tänkte Volde som satt sig igen och njöt av tystnaden. Det värmde på rejält och man började lyssna efter oljud därute någonstans på slätten. San började strax spela på flöjten igen och tog i riktiga toner den här gången, man märkte väl av honom i rummet och Sadin som hade börjat spela ett spel de inte kände igen med Liurn kunde inte låta bli att dra in matlukten i näsan och verkligen bli uppmuntrad av det, precis som Seng när han fick höra skvaller. Holtz gick fram till grytan och började fylla träfaten med soppan och delade ut dem till alla i rummet så länge det räckte och tog en tallrik och gick ut till Xander. Man började somna efter maten och Volde var den siste att gå och lägga sig därinne, efter Frid som oblygt klädde av sig allting och lade sig under fällen. Volde tog sig först en bägare cider som han fått ifrån Seng den ena kvällen och lade sig sedan ner i på sin fäll. Det värmde gott av cidern och eftersom han kände sig rent av nöjd så kunde han till och med roa sig med att titta in i elden. Volde somnade sedan och kände sig väldigt trött. Plötsligt befann han sig inne i ett rum där han hörde musik, samma musik som han hörde när han verkligen drömde, han förstod att det var någon annan inne i rummet och när han försökte fästa blicken vid den personen kastade sig skuggorna samman och knuffade bort honom igen och igen. Han försökte vända om och befann sig sedan i en grotta där väggarna var kala och inristade med klor på ett enormt odjur. Volde reste sig igen och föll på knä av den enorma pressen ifrån de glödande ögonen som tillslut försvann mellan öppningen och han befann sig ute på ett blommande fält där en mystisk kvinna viskade till honom. "lyssna på ditt hjärta ditt endaste vägskäl är ditt val" sade kvinnan och lät som om hon verkligen ville följas åt och vacker som hon var avslutade hon med ett "Vi kommer att mötas Volde, beskyddaren" Volde vände sig om

åt det håll kvinnan slingrat sig åt och på nytt var han inne i stugvärmen och spärrade upp ögonen. Volde reste sig upp och letade i sin packning som han hade haft som huvudkudde efter ett dryckeshorn och hittade det. Han sköljde halsen med vin och satte sig på sin plats där han suttit förut och tog en tugga av en morot han fått ur väskan. Frid vaknade efter en stund och gick upp och satte sig helt utan kläder mittemot Volde, hon var vacker när hon var sömnig och eftersom hon kände sig illa till mods sade hon ingenting utan tittade tyst på Voldes armar. Volde var så van att se henne utan kläder och bada i

solen så att det var någonting han tog efter och då kunde han verkligen förstå att hon egentligen hade blivit som en förebild och ett syskon. Volde tittade på Frid – Kunde inte sova, hade en riktig mardröm. Sade Volde lågmält. – Samma här sade Frid och verkade riktigt betagen av sina innersta känslor som om någon krampaktigt gripit tag i hennes hjärta och inte velat släppa. Frid tog emot dryckes-hornet och tog en måttlig klunk och gav det

sedan till Volde. - Vi måste börja tyda drömmarna. Sade Volde
och gick förbi den slanka kroppen till sin fäll och tog en bit bröd
och gav den till Frid som tackade och tog emot. Volde tog sig en
liten bit själv och satte sig sedan ner i fällen. Det var alldeles tyst
och Xander tittade in och hälsade på Volde. Frid somnade om
ovanpå fällen och efter stund beslöt sig Volde att låna ut sin filt
till henne och lade den på henne. Han kände efter och gick fram
till elden och lade på en ved-bit. Han sjönk tillslut ner i fällen
igen och somnade om. San vaknade efter att Volde gått och lagt
sig och han gick sedan och satte sig där Frid hade suttit och
tittade mot elden, på något sätt hade någonting stört nattsömnen
och han kände sig otroligt märklig till mods han kunde svära på
att det inte var en mardröm utan snarare en instinkt av hans
verkliga jag, känslorna i armarna hade domnat bort och en oros-
känsla och någonting vildsint märkte hans instinkter. Han kunde
känna hjärtat bulta dubbla slag och ögonen verkligen krama åt
ljungeldarna som cirkulerade i hans medvetande. Som om de
döda viskat till honom och det kunde ha hänt samma natt fast
han kände ett mörker bita sig in under huden och slita varje led
ur fästena samtidigt som visade framåt mot bitande dansant
musik. Han kunde urskilja sina leder viska en sång som visat sig
villig att ens påverka det som sinom tid, kunnat medge hans
totala vilja. San gick ut igenom dörren och fram till Xander och
Xander pekade mot en gestalt som kom närmare. San blev stel
av skräck men sedan tog den av sig huvan. – Hur är det San, det
var inte länge sedan. Jag har ridit i flera dagar. Trodde ni att ni
skulle sticka utan mig? Frågade personen och San kände genast
igen honom – Perry! Vad gör du här? – Det var ett bud som
kom till familjen Callahan och jag anmälde mig frivilligt att ta
med mig meddelandet till er. Sade Perry och gav en
pergamentrulle till Xander. – Gå in och värm dig. Sade Xander
och klappade San på axeln. San ryckte på axlarna och följde efter
in i jakt-stugan. Perry som var en 170 lång gammal bråkstake
satte sig vid bordet och efter kom San som om han ville skydda
resten i rummet. Perry tittade på San med sina djupblå ögon och

nickade förstående mot San. – Jag vet att vi inte alltid har varit sams, San. Sade Perry skämtsamt och tog ett dryckeshorn ifrån fickan på den långa gröna rocken. Han tog en klunk och tittade på magikerna och Sedan på Volde och Frid. San tittade på Perry lugnt och tog fram två bägare ur en liten trä-låda på golvet. San tittade på volde som reste sig upp och vaknade, Volde tittade först på San sedan på Perry och nickade åt Perry och tog en stol och satte sig bredvid Perry. – Finns det någon dryck kvar åt mig? Frågade Volde och letade i en annan trälåda. Han hittade en hel flaska Bergamin Rosenklint whiskey. Volde hällde upp en bägare och skickade runt flaskan till de andra. - Svårt att sova Volde? Du har tur Buldeswal leta igenom hela familjen Callahans ägor efter er. Sade Perry och hällde upp lite whiskey. – Antar att det förändrar en hel del. Sade Perry och drack lite så att det rann ut mellan de nariga läpparna och det sotiga ansiktet. – Ingen kom till skada. Sade Perry och tog fram en bit torkat kött och tog sig för den brännande munnen. San nickade och förstod vart Perry ville komma och tittade på Volde. – De letar fortfarande efter andra och de behövde ett startskott, antar att de var ute efter Frid. Frid som vaknade just där och reste sig sakta upp och gick fram till bordet med sina kurvor och slanka kropp helt svettig och yrvaken som en ung brunett kunde vara på väg mot Segoyna. Perry blev illröd och tittade bort när Frid stod där med magen mot bordet och blottade kroppen och brösten. Hon var helt perfekt och insåg inget annat men när hon slutligen tog en snabb klunk på hornet. Rodnade alla och hon vände om så att den perfekta bakdelen smalt samman med sina perfekta former längs den raka ryggen och de välformade axlarna. – God Whiskey. Sade Volde och tittade på Perry och tog fram en bit bulle ur sin väska. Ingen hade sett honom rest sig upp och gått fram till väskan. Han tog upp tre bitar av det goda brödet och gav Perry en och San en annan och lade en bredvid Frid som stirrade på golvet liggandes i sin säng. San tittade på rektor Sadin som reste sig och gick fram till bordet, han nickade åt dem och tog Whiskey-flaskan och lade den i sin väska. – Vi måste ta det

lugnt och ni måste vara utvilade allihop. Perry kan du hjälpa mig
med din bädd, vart ska du sova bredvid elden eller bredvid Frid.
Frågade Sadin och tog fram en stor fäll. – Han kan ta min fäll
sade San och tittade på Perry som började rodna. – Jag sover
bredvid elden. Sade San och gick fram till brasan med fällen som
han fick av Sadin. Volde hade svårt att hålla sig för skratt och
lade sig på sin plats. San somnade och det gjorde även Perry
med fötterna bakom Frid. Volde hamnade på en magisk plats
den natten och slets mellan gott och ont, tankarna virvlade och
han somnade till slut in i en drömfri plats, där träden susade
lugnt och allt var tyst och skönt.

*

Buldeswal satt tyst vid bordet i Cascaras matsal, han studerade
de dansande unga damerna medans de spände käkarna och
putade ut med läpparna. Dansöserna var underhållande och han
hade vänt stolen emot dem och höll en dolk i handen. Han
petade sig under naglarna, studerade Cascaras glädje-flickor en
än gång innan han vände sitt runda huvud mot. Cascara som satt
med en mystisk lyster i ögonen. Buldeswal tittade på hans
höknäsa och lade dolken på bordet. – Vi hittade inte flickan.
Sade Buldeswal och tog upp guldbägaren med rött vin och drack
trumpet. – Lugn Buldeswal vi hittar henne snart och när vi gör
det vill jag ha en förklaring ifrån dig. Sade Cascara och kastade
fram en liten skinnpåse med guldmynt till Buldeswal. Buldeswal
böldliknande ansikte tittade med den mystiska och knotiga
höknäsan på påsen med Del.- Jag vill inte höra mer. Sade
Cascara. – om du lyckas eller inte. Vi gör inte martyrer av de
oskyldiga. Sade Cascara och drack ur sin bägare och reste sig
upp och gick ut. Buldeswal strök sig över näsan och rykte åt sig
påsen han var 50 år och hade haft 32 processer där det slutat
med döden och 3 friande processer. Han gick upp ur sin plats
och ledde sig ut med en käpp. Hans kropp var ärrad och han
levde av att jaga människor och häxor. Det här uppdraget var

annorlunda, han visste ingenting om denna Frid Callahan utan
Cascara betalade för flickan och så vitt han visste så skulle hon
till ett harem. Hon sades ha förförande krafter vilket han på
avstånd hatade när det gällde kvinnofolk och häxor. Han
skrattade lite muntert och fortsatte ut genom gången i den stora
borgen som vette över Tavell och stadens alla gator och vackra
gränder. Buldeswal vinkade till sig en tjänare och gav honom ett
guldmynt. – Se till att larma mitt följe att vi reser till Bergamin.
Sade Buldeswal och ryckte åt sig ett äpple ifrån silverfatet. – Ja
sir. Svarade Tjänaren och lade ned fatet på en stol alldeles vid en
tapetserad kammare och säng. Buldeswal som hade förnäma
kläder på sig fortsatte haltandes nerför trappen. De gula och
röda ränderna på jackan var väl sydda och hade en sorts
skonande insyn på den överviktiga mannen.

*

Frid Callahan hoppade upp på hästen och klappade honom
lugnande på halsen, Volde, San och Perry satt redan på sina
hästryggar och Perry skulle åt andra hållet tillbaka till
Bergamin med bud till Wald angående Buldeswals jakt i Tavell.
San nickade uppgivande till Perry och de bet ihop och fortsatte
sina vägar, Perry red iväg i blixtsnabb fart och Volde tog täten
för de tolv magikerna efter honom. Sadin och Frid red bredvid
varandra och han tittade på henne med en vädjande blick. – De
är bara pojkar än. Sade Sadin och fick Frid att rodna lite medans
hon red efter San och Althar. – Jag tror att vi når nästa lägerplats
om några timmar. Vi äter där och fortsätter tills det verkligen
tjänar att skynda sig sade Sadin och visslade till Volde att öka
takten. Frid tittade med sina hökliknande grå ögon mot
landskapet bakom hästryggen och lutade sig lite framåt när det
bar iväg. – *Tro det om du vill men bäringen far dit jag tar min kos och till
striden jag drogs, fören smal, tunna bar mitt hedna skri av gudars häl jag
tar. Mitt svärd är mitt anlete och min tro är jag stark. – Där-ingen far tar
jag min skatt ur gudars träl får jag mig mitt skratt.*

~ 70 ~

- San spelade sin låt på hästryggen tyst för sig själv när de
stannade upp vid narigare väg bland klippor och skärvor. Han
sjöng muntert mellan tonerna och det lät riktigt bra tyckte Frid.
Volde stannade upp sällskapet och de var tvungna rida i små
grupper, Sadin försäkrade om att det inte skulle komma några
faror och kastade en magisk formel med ena handen. Skölden
blixtrade till och förblev osynlig, de höll sig tysta på hästryggarna
när de red ner för en backe i gryningen. Frid hade känt en
värmande känsla hela morgonen och hon attraherades likt en
nymfomanisk katt intill tankarna kring män och naturen. Hon
höll sig krampaktigt hårt i tyglarna och sadeln. Det var som om
hon delade ett med vildmarken och hon kämpade först mot
känslan och fällde en liten tår längs de runda välformade
kinderna, en på vardera sida. – Du måste träffa en shaman, Frid.
Sade Sadin och stannade bredvid henne och grävde i mantel-
fickan och tog fram en liten pung med salter. – Strö det här i din
dryckes-flaska, det är en läkeört. Sade Sadin han kastade en
formel i läder-påsen. – Den gör att blodet cirkulerar saktare.
Sade Sadin och tittade med sina vädjande ögon på Frid. Frid
tackade och tog emot och strödde ner det i vattenflaskan av
läder och drack lite. Hon nickade och kände värmen stiga
igenom kroppen och hon kände sig mindre betagen av känslan.
– Min gamla mor drack det varje dag och hon levde väldigt länge
innan girigheten tog över. Sade Sadin och red iväg mystiskt och
lugnt mot Diagor som red bredvid Althar och san. Forn dök
upp bakom Frid och hon kände en pirrande känsla i kroppen
inne i magen. Hon rätade till sitt långa hår och tog emot en frukt
ifrån Forn- Ät den här, den lättar trycket efter hans formler sade
Forn och manade på hästen bredvid Frid som genast började
rodna igen. Efter ett tag hade de femton kommit ner för backen
och lät vinden dras med hästryggarna det doftade ny-gräs och
sumpmark bland klippor och träd. De hade återigen siktat fåglar
och nu var Sadin säker på att det handlade om en eller flera
spioner så de tog skydd bakom några träd medan mestadels
kråkorna flög förbi. De var Sirowans ögon och det fanns många

berättelser om hur han vunnit deras gunst och den troliga var att de ätit av hans kropp och de blivit ett. Sirowan var den svarte och tallarna var det bästa skyddet ifrån klipporna och kråkorna. San stannade och lyssnade noga som om han ville förstå dem tala till varandra och de lyfte iväg två och två. Forn stannade vid Frid och spejade. – de är inte hungriga. Sade han och tittade på Frid och sedan på San. Volde red fram till Frid och tittade på henne och sedan på hästen. – Våra hästar är svarta de vill inte anfalla då. Sade Volde och Sadin tittade på ynglingen som dykt upp och lyssnade till hans välbekanta dialekt. – Jag tar täten och du stannar med Frid och San, vi rider samtidigt. Sade Sadin och red iväg och en efter en följde de honom tills Frid red iväg efter San. Frid hade ridit barbacka några gånger och när hon helst ville kunde hon fortsätta i vilket väder som helst. San red lugnt och hon följde efter, San väjde undan grenar och stenar och Frid gjorde det samma, när de kommit fram till en slätt var det helt tyst och man kunde urskilja flera hus som stod längs vägen och någon kom mötandes och han och Sadin pratade med varandra, det visade sig vara en enkel bonde som lovade dem tak och hö. Sadin tackade mannen och han fick rida bakom Sadin på hästryggen till sin stuga. De kom fram till en enslig väg och på ena sidan låg en timmerstuga och på andra sidan huset stod en lada och några hästar. Frid satte sig av hästen och gick fram till Volde och de kvarvarande magikerna som satt av sina hästar. De ledde fram hästarna till hagen och bonden började ösa ut hö och Althar hjälpte till med vattnet. Tillslut satte sig flera ner vid staketet och lutade ryggarna mot det. San hjälpte till med att göra i ordning lite mat tillsammans med Drewin. Frid satte sig mittemot Magikerna med knäna i kors och en del av matsäcken åkte fram. Bondens fru som talade med en trög dialekt kom ut med glaserade äpplen och saft. Frid tog emot en butelj, cider och tog sig en klunk direkt ur flaskan. Volde satt och pratade med Xander och de pratade om budet som kommit mitt i natten och om Buldeswal. Frid lade sig tillslut åt sidan och blundade, det var nog den magiska formeln som uppmuntrade henne att göra så.

Hennes tankar for igenom ett centrum av eldflugor och lysande skålar med behärskande god saft. Hennes ögon studerade flera saker som hon inte kunnat motstå och hennes djuriska lusta fick sig en enorm tillfredställelse så att hon såg sina egna ögon bakom en gyllene duk skratta uppmuntrande och hur hon vred och vände i köttets lustar. Hon åtnjöt så att ögonen trollband henne vid hennes knän och hon såg sig själv dansa inför sina ögon och plötsligt bli uppfångad av bestar som penetrerade henne köttsligt. Hon såg fåglar och fjärilar samt vackra ting omge henne och när hon minst anade det fann hon sin stora kärlek. Hon tittade nyfiket på honom, men på något sätt tycktes han fly undan hela tiden. Tankarna for igenom kroppen och hon vaknade upp ur drömmen, hon hade varit tyst som ett djur. Cobal gick tyst fram till henne och tog fram en salva ur ett litet skrin. Han smörjde in hennes läppar med en liten pensel och tittade tyst på alla runt omkring. - Det här reder ut tankarna, sade Cobal och gav henne en trä-mugg med saft. Frid tog emot och drack ur muggen och tittade på Volde som tog fram en bit av en torkad frukt, han hade fått order av Sadin att följa ritualen och tog fram en blåfärg ur ett litet skrin och gav henne först frukten och sedan blandade ut lite av färgen med vatten och gav den till Cobal som penslade ett litet streck rakt ned mitt i pannan. Cobal gav en magisk formel och strök fingrarna över strecket i luften. Frid kastade sig bakåt och reste sig upp och kantrade kroppen uppåt likt en dans och hon slappnade av igen. Hon tittade sedan efter att stirrat rakt fram, reste sig och skakade av sig dammet. Cobal gav henne bit torkad frukt till och hon tog emot, - Det här är för att jaga bort din hunger-känsla. Sade Cobal och Volde tittade förvånat på Frid. Hon tackade och tog emot. San gav henne Cidern och hon drack en eller två klunkar, Frid började plötsligt rodna och magikerna började samtala med varandra igen. Volde klappade San på axeln och tittade honom i de mörka brunfärgade ögonen, Sans ansikte var stelt och kallt av vårsolens bleka fram-härd. San tittade Volde i de djupa blåa ögonen och de sam-förstod samma sak, någonting höll på att

hända med dem. Frid avbröt dem och lade armarna på deras
axlar, hon tittade på maten som hade dukats fram och de gick
och satte sig. Tagul tog fram en talisman han hade och gav Frid
den att hänga runt halsen. – Den är beskyddande. Sade Tagul. -
Jag fick den av en gammal spågumma för 13 år sedan och den
har grävt hål i många fickor sedan dess. Sade Tagul och knäppte
den runt hennes hals. – Jag vet en shaman i Alderna. Sade Tagul
och tittade på Volde. – Jag vet en Alv magiker. Sade Tagul och
tittade på San. – Jag vet en häxmästare. Sade Tagul och tittade
ner i maten. Han bet ihop och gav San en bit av träpinne som
han hade snidat och gjort hål i, det var en magisk flöjt förklarade
Tagul och gav den till San. – Nu kanske ni känner igen den, det
är en flöjt en skogsalv använder då han visslar bland djuren i
skogen. Han kommer att förstå. Sade Tagul och menade på San.
– Det finns tre toner och de fungerar ungefär likadant. Sade
Tagul och tittade på Volde. – San spela en melodi. sade Tagul,
Tagul som var ifrån Sadew var väldigt berest och hade en del
berättelser med sig och han underhöll dem om den gången då
han träffade på vampyr mästaren Tules i Sadew. Tules var en
enastående mördare och han höll på att slakta hela Taguls
resesällskap. Han hade förlorat fattningen den natten och
blivit tvungen att hjälpa upp skadade som blivit rivna av klor
ifrån besten Tules. Det fanns inte ett spår av Tules och Tagul
fick använda flöjten för att hitta honom. Tagul hittade honom
och slaktade besten med en ljungelds kula mot bröstet, han hade
följt tonerna till Tagul. Han förlorade många vänner den dagen
och vann över sina krafter. Någon Tules hade Frid inte träffat
och hon log tyst för sig själv, hon hade blivit allt lugnare och
slutligen hade hon fått flera av sina känslor motarbetade, hon
skulle behöva lägga sig ner och sova. San tittade på flöjten och
lade den mot läpparna och spelade en sång, plötsligt kastade sig
bonden över honom med växande klor och Sadin sköt en
eldsflamma mot bonden så att han kastade sig bakåt. – Vi måste
härifrån, nu. Sade Tagul och reste upp San och den gamle
bondkvinnan hukade sig över bonden. – Ta era hästar nu. Röt

Sadin och de skyndade sig fram till djuren. – De är snart här skynda er. Röt Tagul. Man red iväg i stor klunga och ifrån träd- krönen dök bestar upp och man skickade iväg ljungeldar och eldklot mot dem. De fortsatte rida snabbt och när man slutligen hade ridit i en timme kom de fram till säkrare väg och nu var det förstås bara några timmars ritt in på vägen kvar. De hade haft en otrolig tur och nu återstod bara den svåra biten, de stannade till vid en lägerplats bland skog och snår. Frid hoppade av och gjorde igång en lägereld, de var förstås nöjda med att sitta riktigt nära varandra och San fick salva emot brännmärkena som han fått och det läkte ihop på ett ögonblick. Volde studerade sin stav och ibland lyckades han få saker att själva med den, Sadin satt med benen mot elden och pratade med Holtz. De tog upp varsin bit av en kaka och lät hästarna beta längs snåren. Drewin tog flera saker ifrån sin packning och lade upp på en filt, olika sorters mat och dryck delade han ut till dem. Solen visade 14.00 och de hade varit nära att bli uppätna av några halvblods vampyrer. San förstod att han hade olika saker att lära sig när det gällde att behärska flöjten och Tagul visade honom hur han skulle spela efter djur och hur han skulle spela efter sånger, med den enkla flöjten. San spelade med honom med sin egen flöjt och de var snart ikapp varandra och tagul tittade sedan på Sans flöjt och gav en magisk formel till den. Frid gick runt och letade kvistar och hon och Volde var det som spejade ut mot skogen, de andra lagade utrustningar eller skor. Ulthur satt och petade i elden med en lång metallstör och ställde in en kanna med tevatten på elden och medans, lågorna målade på kannan hittade han flera trasiga dryckeshorn och flaskor. De samlade tillslut in allt och Sadin kastade en magisk sköld över lägerplatsen. – *Tro det om du vill men bäringen far dit jag tar min kos och till striden jag drogs, fören smal, tunna bar mitt hedna skri av gudars häl jag tar. Mitt svärd är mitt anlete och min tro är jag stark. – Där-ingen far tar jag min skatt ur gudars träl får jag mig mitt skratt.* Sjöng Tagul och de började laga mat igen. Tillslut satt de samlade och tystnaden bredde ut sig till en grinig stämning och San tog ur Bergamin Rosenklint

Whiskyflaskan ifrån Sadins väska efter att han gett tillåtelse till de och de delade alla på flaskan i träkosorna. Det fanns en bit ost kvar som Frid hittade i sin packning och hon delade upp den och gav dem en varsin bit. Så snart det började skymma stod minst tre vakter och vaktade i de olika väderstrecken och då passade Frid på att sova. Hon kom in i en harmonisk värld och vandrade runt bland fjärilar och olika sorters fåglar, plötsligt så sprang hon likt ett djur mellan grenar och på marken, de vackra sidorna försvann och hon jagade likt ett kattdjur runt i skogen och plötsligt hittade hon det hon skulle hitta och blev sig själv igen. Hennes drömmar var nu lugna och hon kände en harmoni som sig själv i sin person. Frid vandrade lugnt och stilla mellan olika stenar och utforskade grottor i stillhet. Efter ett tag så vaknade hon och gick upp och då var det redan gryning. Det var torsdag, San satt uppe och slipade sitt svärd, samtidigt som Liurn visade hur det skulle brynas för att användas korrekt. En magiker satt och spelade på en luta och det var Lothar. Frid nickade och gick upp oblyg och naken fram till en liten bäck och tog sig en handfull vatten och hukade sig ner och tvättade sig. Det iskalla vattnet frigjorde smutsen och hon blev där en stund och tittade efter en stund på de sovande äldre männen och på San och på Volde som satt lugnt och tyst lutad mot en trädstam och sov. Volde hade inte sagt så mycket och inte heller San, Frid började bli orolig och så snart det var över skulle hon träffa den där shamanen.

*

D'iang satt på sin piedestal och stol, hans ögon tittade iskallt på alverna som tvingades knäböja för honom. De trevade och ibland slogs de ner av vakterna som med sina ringbrynjor stod livlöst och tittade på Deawon. Någon slaktades efter att ha sagt en mening och avlagt sin ed. Några andra slets ut ur rummet ut på tempel-gården. Det var varaktigt inte länge de tilläts hållas vid liv och D'iang samlade själar och de som inte var med honom födda i ljusets tecken fick inte leva länge. De andra sällade sig utanför och man hade börjat hugga ner träd för ett läger. De

krigare som hade vandrat med D'iang vaktade eller arbetade som
om det inte hade varit en lösning. Den ondskefulla Deawon
slickade i sig själar ifrån luften och ibland reste han sig upp och
kramade ur det sista ur en utvald. Det samtalades alltmer sällan
och tempelhusen stod som vita ben ut i morgondimman ödsligt
tomma och kvävda på luft och liv. Deawon slickade sig om
munnen och tog en bit kött ifrån golvet och satte tänderna i den
blodiga köttslamsan. Den svarte satt vid en stol och ibland
skrattade han till och ibland reste han sig upp och tryckte ner ett
utvalt offer och högg in sitt svärd i sidan. De skulle hinna
komma en bit in på vägen och det här var bara början. Deawon
avundades den svartes drag och mänskliga form medans han
antog sin nekromantiska ny form igen. Ögonen började glöda
och han lyfte upp staven och framkallade oväder och
förruttnelse samtidigt som de döda började leva och krälade med
sina uppspärrade ögon.
Lik ur gravar fick liv och reste sig upp samtidigt som himlen
förbyttes och blev mörk.

*

San Lum satt på hästen och tankarna virvlade i hans huvud, hade
bonden inte kastat sig över honom hade han inte befunnit sig i
en sådan situation. Han såg de vässade tänderna framför sig och
kände klorna greppa in under huden, bara han inte var
infekterad av någonting. Han hade hört djuren kalla natten innan
och känt sig lika vild som dem. Och vad var det Cobal menade
med att han kände en häxmästare. San visslade tyst för sig själv
som om han var nervös och orolig på det som skett och mer
över Cobal. Frid red framför honom och vid sidan om henne
red Tagul. Volde och Sadin red bredvid varandra i täten, San
nickade bestämt och tog upp ett horn med vatten och drack
utan att stanna hästen, Drewin red fram till San och tittade
framför sig. – Vi kanske når Segoyna innan kvällen, jag tror
bestämt det. Sade Drewin och tog emot hornet av San och drack
lite vatten. – Ja då, vi har rest den vägen två eller tre gånger

tidigare. Sade San och tog emot hornet. – och då med kärra!
Sade San och tillslut så nickade Drewin. – Jag med. Sade han
och tittade upp mot den mystiska förmiddags-solen. – Under
mitt 400 åriga liv så har jag stött på ett och annat. Sade Drewin
och fick San att känna sig mystisk. – Menar du att det alltid har
varit farligt? Frågade San och tog sig för pannan, solen började
kännas varm. – Så är det. Jag blev förvånad när allt gick lugnt till.
Sade Drewin och red fram till Sadin 10, 15 meter framför. San
bestämde sig för att bara luta sig framåt och rida fram till dem
och gjorde det. Volde blev lite förvånad när han såg San och
hälsade. - Vi talade precis om dig. sade Volde som lyckats få
Sadin att rida fram ett par meter till att San fick plats på vägen.
Vägen var av sten och grus och någon gång för längesedan hade
någon lagt stenar där för transportvagnarna. – Jaha det var ju
roligt att höra Volde. Sade San och tittade framåt. – Ja vi tänkte
att

vi tar en paus om några meter så att vi kan äta lunch. Sade Volde
och de stannade precis där en liten korsning med en bondstig
gick igenom det tunna karga landskapet och flöt ihop till en
större väg längre fram. San klev av hästen och klappade den lite
för den var verkligen hungrig och törstig. Frid stannade till och
hälsade på dem, de verkade lite ihopsjunkna och stela, precis
som Frid. San tittade på Volde som stod alldeles intill vägrenen
och ledde ut hästen i det höga gräset. Någon hade hittat svarta
bär som var ätliga och goda Drewin gjorde i ordning en eld och
de som var tröttast samlade sig där och väntade på att man
skulle sitta ner vid en gammal ek som stod alldeles vid vägen.
San gick fram och hjälpte upp de som orkade och ledde dem till
den för att det var skydd undan fåglar och skulle de komma så
skulle de sätta sig i grenarna. Det var även skydd undan solen
och de var ju mer resvana än San. Det dröjde inte länge innan
det luktade mat och Lothar stod och gjorde i ordning maten vid
stenarna som han varsamt lagt där bredvid, Frid stod och
tvättade ur sig vid den rinnande bäcken alldeles intill och Sadin
hade valt ut rastplatserna efter just rent vatten. Volde kom och

ställde vid San och tittade på hans sår. – Vi är snart framme i staden och kan handla, vi ska köpa nya hästar i Alderna i Aldena, Sarosus hästar är tydligen något alldeles speciella. Sade Volde och de satte sig vid eken. – Jag tror att det spelar lite roll om vad man har för djur. Sade San och visade med armarna för Volde skillnaden. – Dessa var ju ifrån Cal, eller hur? Frågade San och Volde nickade. Frid kom tillslut och satte sig bredvid Volde som satt på den högra kanten och San på den vänstra. Hon sken upp och satte sig ner, efter stund kom maten fram och det var kött och bröd, ett sorts torkat kött med särskilda grönsaker. Det serverades vin och en sorts cider som de hade haft med sig ifrån Bergamin. San satt och nästan sov av utmattning när han drack ur kåsan och Volde tittade på pipan och stoppade den med den speciella tobaken och rökte. Voldes hår satt ihop under håret därbak i en hästsvans som såg lite märklig ut, han hade kunnat satt-ihop det helt men San tänkte inget mer på det. Volde satt och tittade ut över vägen och någonstans sade han ett djurnamn och ett rådjur skuttade över vägen. San hade kunnat jaga men hade ingen lust att göra det även om han drogs till dem. San reste sig efter att han ätit färdigt efter en andra portion och Frid satt tyst och läkte. Det gjorde även Volde och efter ett tag följdes de tre av och gick ut igen. Först Frid och sedan Volde och sist San, de hoppade upp på hästarna så att magikerna fick hämta sina hästar ifrån bäcken. Solen sken över den magra marken och koltrast gjorde väsen av sig någonstans. San lät hästen gå på i vanlig takt som den tyckte mycket om och Frid red bredvid och till-sist Volde och Sadin med resten av magikerna två och två bakom sig. När de slutligen hade kommit en bit på vägen ökade de takten och snart såg de Segoyna därframme i vår ljuset. Så snart de fortsatte iväg efter att ha stannat till kunde de se människor på väg överallt med kärror och hästar. De var nu i Segoyna och de få människor de hade träffat på vägen var på väg till Bergamin att arbeta för kungen.

***

7
Segoyna och Farvattnet

*

Mörkret sänkte sig över bergamin, en ensam vakt stod vid det
ena tornet och vinkade till en annan vakt på väg in i huset, han
hade släppt in flera besökare tidigare den morgonen, när de var
på väg till audiens till kungen. Mannen var en haltande grotesk
figur ifrån Alderna och han gick med namnet
Buldeswal. Den andra besökaren var ett bud som nyligen anlänt
efter en hård ritt. Man talade om samma sak enligt ryktena och
vakten som var en erfaren man i 60 årsåldern, släpade sig upp på
mornarna för att orka med arbetet.

*

Buldeswal satt tyst ute i samlingsrummet i den stora salen och
han hade endast fått tala med magikern Wald och denne hade
inget trevligt att säga. Buldeswal hade fått avslag och nu hade ett
försenat bud kommit ifrån de andra magikerna till Wald.
Buldeswal var insatt, han hade alltid varit insatt i hur buden
arbetade och var han skulle hitta trollpackorna. Han var även
säker på att han skulle få köpa sig fram, vilket inte spelade någon
roll, han hade gjort det tidigare. Buldeswal stirrade på Wald och
den avmagrade kungen som satt på sin plats och diskuterade helt
öppet om affärerna. De kände väl till varandra och med kungen
kom flera olika nya människor till slottet och festligheterna
skulle pågå minst tre veckor till. Folk vallfärdade till Bergamin,
mestadels ifrån landsbygden. Buldeswal hatade bönder och han
skulle bli den sista ifrån Alderna som vallfärdade därifrån. Han

visste inte nu vad han skulle göra men han stannade i slottet, flickan kanske dök upp.

*

Volde Ben Callahan satt och studerade en karta han hade fått ifrån San och tittade på Alderna Aldena och vad den kullades huvudstaden. Han kom inte ihåg. De hade hyrt in på ett värdshus och magikerna och San satt och åt och drack på nedervåningen i värdshuset. Man hade hört talas om en del i Segoyna, det mesta handlade om kungen. Någonting annat handlade om Alderna om deras nya sätt att förhindra pirater på. Det handlade givetvis om kungen och Volde rullade tillslut ihop kartan och reste sig och började gå ut igenom det lilla rummet. Där nere var det feststämning och Frid och San satt och diskuterade medans Althar och Sadin satt bland gästerna och höll uppe stämningen. Volde antog att det var en riktig fest så han gick ner för att få sig en bit mat eller en bägare öl. Frid satt pinsamt tyst och iakttog männen ifrån nordöst när de sprang runt och jagade kvinnorna med sin flytande och besynnerliga dialekt. Ibland pratade hon med San och hon hälsade på Volde som kommit ner och satt sig. San lyfte på sin bägare och nickade till Volde, Volde hälsade med handen över bordet. Så snart Volde kommit till ro kom maten fram och det serverades torsk. Volde som vant sig vid fisk tog en stor bit och fick sig en bägare öl. Det var huset special, fisk och öl. Värdshuset hette jungfrun och där var det alltid folk hörde han berättas. Han förstod även att det skulle bli ett äventyr att resa med handelsfartyg, särskilt om de var av samma sort som gick iland i Tavell och i Bergamin. Frid tog fram en kortlek hon hittat på marknaden för ett bra pris och det var tryckaren själv som sålde dem. Han hade berättat att de målade korten efter att de tryckt dem och han gjorde det ibland utan att säga något. Hans målade verk fanns överallt i landet och hans familj hade en lång tradition att måla kort. Frid gav ut några kort till San och Volde och Althar som satt där och efter några lagda kort så vann Frid. Efter en stund när alla hade ätit färdigt så lade de upp en omgång till och satte sig vid ett

~ 81 ~

avsides bord alla fem. *Diagor, Volde, Lothar, San och Frid.* Det blev
mer och mer intressant medan kvällen gick och tillslut förstod
de all uppståndelse och byttes av. De satsade några Del och
tillslut var alla smittade och Frid log igen. Volde log åt Frid som
vann några gånger och Sadin och Forn började räkna poäng.

Frid 39 poäng

Diagur30 poäng

Lothar 22 poäng

San 9 poäng

Volde 7 poäng

Drewin 5 poäng

Althar 5 poäng

Cobal 4 poäng

Xander 4 poäng

Liurn 3 poäng

Holz 3 poäng

Det var bara fyra stycken som inte satt sig ner och Tagul var ute
och jagade sändebud och Ulthur var inne i sin akademi i
Segoyna. Volde satt efter ett tag med olika tärningar som han
tagit med till spelet och det var ett sjömans spel och hade
traditioner. Nu när de visat att de hade guld kunde de inte dra på
sig allt för mycket uppmärksamhet och det var ju trots allt inte
många kort som behövdes för att man skulle lyckas. San nickade
förstående och lade ner sina kort och Forn stod vid bordet där
de satt och räknade ihop poängen. Volde lade sig och gick upp
till sig efter en stund och Frid som hade vunnit hela tiden gick
efter till sitt eget rum och San gav upp efter Lothars kort och
gick upp till sig. Frid valde att lämna korten där och gå och lägga
sig. Stället var ju som sagt fullbokat. Volde somnade efter en
stund och tankarna for runt inne i en värld där han kastats fram
och tillbaka mellan olika tomma rum med den bekanta musiken.
Han reste sig gång på gång och någon skrattade och föste
tillbaka honom till sin plats, sista gången han reste sig slog någon
omkull honom helt. *"Vi väntar på dig, barn av ljuset"* Volde hörde

rösten inne i sina tankar och for upp mot väggen ur sängen. Det var ett litet rum så han slog nästan i huvudet. Volde stannade upp och skakade och slog upp fönster-luckorna. Därute var det tidig morgon och inte ens tuppen var vaken, tänkte Volde. Han stängde igen luckorna och lade sig i sängen igen, tankarna for runt på Frid och på San och tillslut på Wald och kungen. Han kände sig genast märklig och hungrig. Hans magra kropp kanske behövde en bit mat.

Volde gick ut till matsalen och där stod kyparen och två andra köpmän och talade om dagens varor. De var lika håriga alla tre och kyparen var hårigast. Han hade flätat hår och såg ut att vara en köpman, norr ifrån. Volde betalade för en bit mat och gick och satte sig vid bordet och fick bröd och cider. Sedan fick han en bit stek och någon rot han inte kände igen, men den var väl lagad. De kallade roten potatis och någonstans hade han hört talas om den. Volde åt och drack igen och efter 20 minuter hade han vräkt i sig allt. Diagur kom ner och satte sig med lika stor hunger som han och det lite runda ansiktet och lite runda magikern satt och tog emot sin mat ifrån köket. De satt och tittade i bägarna och Volde tittade tillslut på Diagur. – Jag tror att det verkligen är svårt att sova överhuvudtaget nuförtiden. Jag har haft fruktansvärda mardrömmar. Sade Volde och tog sig en klunk, cider. - Det låter som den onde Sirowan. Sade Diagur och tog fram en bit av en talisman. Han lade den på bordet. – Den här är ett sorts trä, som aldrig kommer att svika dig när du drömmer. Sade Diagur och satte en läder-rem i den. Han kastade en formel över den, fingrarna lös upp med ett blåaktigt sken och gav den till Volde. – Öva dig på dina trix som Travis har lärt ut. De kommer att hjälpa dig på ett annat sätt. Sade Diagur och började äta sin stek. Volde tittade länge på träbiten och började sakta gå upp till sin säng. Nu kanske han kunde sova en timme. Volde gick upp för trapporna och steg in i sitt rum och satte sig på sängen *”Vi väntar på dig, barn av ljuset”* tankarna ekade i Voldes huvud och så snart han hade lagt sig igen somnade han. Tankarna for inte runt och han hamnade snart i en harmonisk miljö, men plötsligt slungades han upp ur sängen och greppade tag i amuletten som börjat ryka, Volde tog snabbt av sig den och tittade på den. Den hade fått inbrända runor och han gick snabbt ner till Diagur och visade den. Diagur som satt och drack en öl med en handelsman, tog emot talismanen och tittade på den. – Vid gudars det är Deawon. Sade Diagur och tittade forskande på runorna. – Det är ju han som måste beskyddas men hur är det möjligt? Volde gå upp till Sadin och väck de andra! Sade Diagur häpet och lät lite ihålig i rösten. Volde skyndade upp för den knarriga trappan fram till ekdörren till Sadins rum och knackade på. Det dröjde några sekunder och Sadin öppnade. – Sadin Diagur måste prata med dig. Sade Volde och kliade sig i huvudet. – Vad är klockan Volde? Frågade Sadin – 05.00 kanske sade Volde och pekade på nedre våningen. – Ok Volde. Sade Sadin och började gå ner sömnig som han var. Sadin tittade på talismanen och studerade runorna med en gammal skrift han hade i sitt skrin, "Dröm dig till vägran" hade det stått och Diagur och Sadin var överens om att det var Deawon. Volde fick lära sig hur han skulle tyda dem och Sadin var noga med att leta reda på osanningar. – Han kastade en demon mot dig, mot oss Volde. Sade Sadin till Volde som stod och studerade skriften med ryggen vänd mot trappan. – Men samtidigt så använder han krafter som inte är av den här jorden. Det är osanningar och ondska. sade Sadin och tog fram en ny träbit, men den var ännu mer stärkt med krafter och guldbeslag. – En drottning använde den här. Sade Sadin och gissade på att han var väl förberedd. Volde nickade och tittade på den. – Jag ska kasta en formel som jag använde för många år sedan. Sade Sadin och hans fingrar började lysa gul och grönt. Sadin sade någonting otydligt och fortsatte kasta en ny formel. Volde såg på och antog att han sade "droun de oun goun" – Jag förstår Sadin men om det börjar brinna igen vad ska jag göra? Frågade Volde och tittade på Diagur. – Nej den här gången behöver du inte oroa dig Volde. Sade Sadin och gav Volde talismanen. – Vi måste packa, vi åker om två timmar. Sade Sadin och började långsamt gå upp. Diagur gick upp och väckte de andra och efter några minuter hade gjort sig i ordning och Volde gick upp och packade, han hängde talismanen runt halsen och dolde den med tröjan av ylle. De skulle snart gå ut och handla det som inte var inhandlat för vadsomhelst kunde hända på resan. San satt lutad mot en vägg i bänken i matsalen och Frid satt och nålade något slags läder, de hade alla varit beredda på att de skulle hinna med saker men Sadin försäkrade om att det inte fanns tillräckligt med tid att göra någonting annat än att handla mat och kläder och för att hinna skulle de gå till torgmarknaden så fort det började ljusna. Efter några minuter satte de av och San och Volde gick tillsammans bredvid Frid. – Jag fick en talisman mot mina onda drömmar. Sade Volde och visade talismanen för San och Frid. De nickade sömnigt och förstod samtidigt som de ville tillbaka till sängarna. Resan hade skrämt alla tillräckligt och eftersom det var en riktigt lång väg framöver så skulle det bli långa dagar framöver. San fortsatte fram till ett torgstånd i den märkligt låga staden med låga byggnader och en hög borg i mitten av staden. Där bodde familjen Fried och adelsmännen under greven. Greven var inte här nu så de kunde inte söka assistans utan de litade på Sadin när han sade att han ordnat båtresan och betalat för dem. De var 15 stycken och båten var en sorts katamaran och Alviskt byggd med plats för levande besättning men inte djur. Volde såg en del kläder som han köpte för 2 Del och sedan köpte han en sorts huggare att ha vid sidan av staven. Den var lång och smal, hade graverade tecken ett fint hantverk och en klinga, söder ifrån. San köpte en liknande klinga och lite päls att ha som liggplats men han handlade även in lite mat och torkat kött. Eftersom Frid handlade tyg ville de andra också köpa lite finare kläder och Sadin sade bara det nödvändigaste kunde få komma med. Frid handlade mat och dryck, det fanns en sorts dryck som var alkohol-fri och nästan kastade sig över saften och cidern. Det var Breids farvatten de skulle ge sig ut på och efter en stund kände de sig nöjda med handeln och några Del fattigare. Volde tog ett steg mot hamnen och de följde med.

D'iang studerade sin ståtliga arme och gick fram och tillbaka längs de tusen och växande skarorna. Han tystnade efter en stund och höjde armen runt sin svarta fana med en vit halvmåne på, de som kunde jubla jublade och de andra smattrade med käkarna och överallt sågs röda och glödande ögon. Det blixtrade och regnade den dystra morgonen och varstans sågs o-döda skelett och vandrande lik med vapen och spjut gå mot den redan stora hären. Deawon rasade ut ett enormt skri och massorna började trampa taktiskt i marken. Man hörde trumslag och hornstötar, snart var trupperna på väg mot Alvernas huvudstad Aldena, det var vad den kallades i folkmun.

Frid satt tyst och väntade vid kajen och lät benen sitta i kors och om det inte varit för att hon verkligen hade verkat lagom trött, så hade hon även inte missat att prata med sjöfarare och personer som kom i hennes riktning. Sadin räknade packningar och började få folk att gå ombord det enkla men stora seglarfartyget. Det enda som saknades var någonting under fötterna och de skulle få Escort av ett större Alviskt skepp om det hände någonting skulle det komma till undsättning. Volde hade gått ombord och San satt redan på däck och spelade en visa hon hört i kajen någon gång. Alverna ombord var den vänliga sorten men var sammanbitna och rörde sig taktiskt med vapen på sidan av deras säckiga byxor under den röda tygbiten de hade som livrem. Det var det röda bandet som markerade att de var sjöfarna och hade stor respekt för havet och sin besättning. En alv med gult band och broderad guldfärgade mönster på svart och brunt tyg stod vid fören. Den högra sidan av båten närmast Frid, och han försåg båten med disciplin och var en sjöofficer vid namn D'ynses och pratade alla språk man kunde tänka sig med sitt gula vackra hår. Frid hade blivit

smickrad och förstod att han var godhjärtad och vänlig. Hon
reste sig när Cobal kom förbi och följde honom upp på båten
längs stegen och upp ifrån kajutan. San hälsade henne ombord
och hon log vänligt tillbaka. Så snart Volde dök upp så blev de
tre helt befriade ifrån sina kramper för han hade lärt sig en
helande formel och det var tack vare Diagur som numera ville
hjälpa till med en hel del saker gällande Volde. Frid hade förstås
varit orolig att han inte kunnat kasta formler eller använda
staven på de olika sätt han fått lära sig. Nu hade magikerna blivit
mer hjälpsamma med det och Volde började studera allt mer
och det smittade av sig på Frid och San. Alverna började hed att
räkna allihop och gjorde i färd för seglats det var ett fartyg som
bara hade haft tyger på däck och det syntes på deras kläder, det
fanns rum under däck och de skulle bara segla en dag och en
natt. Imorgon skulle de vara framme vid Aldenas hamn en bit
utanför staden. De gick ner till sina rum och lämnade av
packningen, det var ett så pass stort skepp att de kunde få egna
rum men Sadin satte ihop dem tre och tre. San, Volde och Frid
delade ett rum och sov under kajutan. De började med att spela
ett spel sittandes i de hängande sängarna med korten och Volde
satt och studerade en skrift vid bordet närmast fönstret. – San
vet du om det finns någon mat ombord. Frågade Volde och lade
papperet åt sidan – Ja det vi tog med oss och lunch och middag,
jag hörde mig för med Sadin och D'ynses sade San och tittade
på Frid som lade fram ett kort ganska lekfullt. – Det låter bra vi
går till matsalen och så packar vi upp matsäckarna. Sade Volde
och skruvade ihop papperet. – Du menar det där lilla skrymslet
man kallar för matbord. Sade San och de reste på sig samtidigt
och började plocka i sina saker. San gick först med sin gråa ylle-
tröja och efter gick Volde och sist Frid. Därinne satt kaptenen
D'ynses och Sadin och Sadin hälsade dem välkomna och de lade
lite av maten på bordet. Frid började med att skära en del av en
stor salt korv hon hade med sig och San skivade bröd medan
Volde gjorde i ordning kall dryck åt dem alla fem. Alven var glad
men tyst och efter ett tag så fortsatte Frid att spela kort med San

och Sadin medans Volde gjorde några enkla trix för kaptenen. Timmarna rullade på och tillslut var de ute långt till havs och Frid började må lite dåligt. San och Volde fortsatte festa på bröd och korv, nötter och majs. Man drack åtskilliga bägare vin och diskuterade resan och sällskapet varierade under hela dagen. Tillslut blev det lunch och lunchen blev middag och San gick ut ibland och bolmade på sin pipa. Volde somnade i sin häng-brits och tillslut så gick San och lade sig efter att ha mått lite dåligt. Frid satt tyst uppe på däck och lade några spå kort och resultatet var flera olika sömmar i leken som fick liv. Hennes spåkort var de gamla och hon hade dem alltid väskan om hon åkte någonstans. Det såg först mörkt ut och hon lade flera kort och det såg genast lite ljusare ut. Frid satt tyst efter att ha samlat in korten och tänkte. Det skulle visa sig en dag vad hon hade lagt för kort och då skulle hon få det bra eller jobbigt, det avgjorde ödet. Mycket skulle visa sig handla om ödet och när det slutligen, blev hennes dag då hon kunde bygga upp sina drömmar så var hon, mer av en person som tog dagen som den kom, hon skulle behöva ändra sig som magikerna sade, hon skulle träffa den där shamanen om det behövdes, men hon visste bara inte när. Holtz stod mittemot och tittade ut över havet och såg på det stora skeppet som åkte jämsides. Frid tittade åt Xander som hade blivit väldigt sammanbiten där han satt bredvid ingången till kajutan. Styrman stod på taket till den platsen och styrde medans kaptenen stod och tittade bakåt. Alverna sades ha bra hörsel och syn och Frid insåg det men Kaptenen hade ett sorts glas han tittade med. Kikaren var lång och lagom för Frid att hålla i med händerna, hon tittade på seglet som stod vitt och mäktigt över däck och längs den plats där de gick ombord. Efter en stund kom det flera skepp och försvann på farvattnet på babord sida som hon satt på. Frid räknade seglen till tre och skeppet girade snart åt styrbord sida. Hon hade räknat ut det och så snart det blev natt skulle hon se om det inte var en ny riktning. Det var redan kväll och hon såg ut över den skymmande himlen. Hon började se stjärnorna och insåg att de var på god väg i rätt riktning. Frid beslöt sig för att äta lite och gå till sängs, hennes välformade ansikte började se sömnigt ut och snart skulle hon känna av det om hon inte gjorde så som kroppen bad om. Frid tog sig en bit bröd nere i kajutan och vid bordet, där satt även Drewin och plockade i sitt skägg med ett smalt föremål. Efter några brutna brödstycken kom Sadin och satte sig vid samma bord som Frid. - Hur länge tror du att det är kvar Frid? Frågade Sadin lite skämtsamt och tittade på Frid med sina blåa ögon. – Sådär tolv tretton timmar. Sade Frid och sken upp. Sadin tog sig en bit bröd och tog Frids hand och tittade i den. Han blev först chockad och sedan förvånad och ”hmm” – Jag tror att vi står inför en lång färd någon gång i framtiden. Sade Sadin och satte tillbaka handen mjukt mot bordet. Hon hade blivit lite solbränd såg hon och det var inte så konstigt. Hon tackade Sadin och gick iväg för att lägga sig. Hon hade gärna suttit uppe lite längre men hon hade trots allt blivit trött. Frid lade sig i sin hängmatta under San som snarkade ganska ljudligt och bredde ut sig under en filt. På vintern var detta det enda farvattnet som gick förutom det i Bergamin, men det var inte ens kallt i jämfört med farvattnet i norr. Tavell var bara en fiskebåts hamn men ibland kom det skepp med sin last och sålde där, ibland gick det iland, sjömän, ibland pirater som den gången då Sans föräldrar mördades. Frid drömde lugnt den natten och inget särskilt hände. Timmarna flöt iväg sakta, hon drömde gott hela den tiden.

*

San vaknade och tittade sig i en liten spegel som satt på väggen, han studerade håret och rättade till det, efter en stund tittade han sig i de naturligt bruna ögonen och drog fingrarna igenom det ljusbruna och lite grå blonda håret. San gick sedan fram till dörren in till kajutan och öppnade den, de andra sov och det gjorde även Frid och Volde. Han gick igenom den korta korridoren fram till Bordet och där satt några alviska sjömän och pratade, San hälsade och de hälsade tillbaka. Efter en stund kom kaptenen ner och satte sig, han hade inget att säga han var nyvaken och de hade sett land. De följde kusten sade han. San tog fram en kortlek och de började spela en sorts sjömanstwist och San vann inte. Det spelade ingen roll visserligen för San hade aldrig varit bra på det spelet. Han ställde några frågor om Alderna och sjömännen skrattade lite. Det var gott om kvinnor och mat, dessutom om man hade tur kunde man se de stora handels torgen och ibland kunde man köpa sig land. San tog upp flöjten och spelade– *Tro det om du vill men bäringen far dit jag tar min kos och till striden jag drogs, fören smal, tunna bar mitt hedna skri av gudars häl jag tar. Mitt svärd är mitt anlete och min tro är jag stark. - Därför jag tar jungfru har kära far, käre bror och son. De oss de förde till oss de hörde käresta tar! – Där-ingen far tar jag min skatt ur gudars träl får jag mig mitt skratt.* - Alverna applåderade och tittade på sans flöjt. – Vi är Framme om en timme. Sade plötsligt den ene. San nickade och gick fram till dörren och knackade på den där Frid och Volde sov. Han fortsatte sedan knacka på dörrarna så att alla snart var uppe. San fortsatte spela kort en stund och efter det kom flera och flera med i spelen och tillslut hade de börjat göra i ordning frukost. Den sista biten gick väldigt bra fram till Aldena och San följde envetet med i land längs den sandiga kustremsan upp på bryggan. Frid gick nyfiket med på att gå först och efter gick Volde och sist San. Det var ett massivt landskap och det var några kilometer in till staden. Det stod fartyg överallt och människor stod vid kajplatserna hälsade dem välkomna. Sarosus folk och hon själv syntes inte till men väl stads alver och några köpmän, någon spågumma och ett värdshus. De började gå in mot staden med Sadin först och Xander efter sedan Cobal och Diagur. San och Volde gick i mitten och Frid kom med den sista klungan. De fortsatte hela vägen fram till bebyggelsen och i Alderna var det nästan sommar i alla fall i den här riktningen San gick i. Volde gick med staven och han berättade att de skulle fram till ett värdshus och lämna packningen för att fortsätta fram till Sarosus palats. San tyckte att det lät som en utmärkt ide och Volde var inte lika uppspelt. Han var på något sätt mer hemlig av sig och i synnerhet kunde man väl förstå om han stängde sig inne. Sadin hade berättat en del om ett ställe där hästarna fick springa fria och det var här. Alderna var ett bra resmål och skulle de döda Deawon så skulle de det. San gick fritt runt i sina tankar och till sist kom Frid fram till honom och klappade honom på axeln. – Nu är vi här San. Sade hon och han nickade förstående. De var i alla fall framme vid värdshuset och det var där de skulle äta och göra i ordning sig medans Sadin och Cobal gick för att träffa Sarosus. Volde tittade på frid och hon på Volde – Jag tror att vi kommer att lyckas med vårat uppdrag. Sade Volde och höjde på staven lite. - Ja bara vi är försiktiga. Sade Frid. Pol hade lärt dem allihop om självförsvar och strids-konster och det de inte lärt sig av lärare, kunde Pol. San nickade och tittade på båda två, bara de visste vad de gett sig in på, han mindes väl vampyrerna och deras sätt att lyckas förstöra och förstå sig på honom. Volde nickade infriande och han kunde nog dra lärdom över ett och annat. Men en nekromantiker, det måste vara bland det brutalaste San hade hört i berättelserna. Sadin stannade till vid ett marknadstorg och där bakom låg ett värdshus, Alverna där var nog vänliga tänkte San och de följdes åt in i värdshuset medan Frid gick igenom tygerna.

*

8

Drottningen av Alderna

Volde Callahan gick av och an inne i sitt rum i Alderna, han hade aldrig träffat en drottning förut och han var inte säker på

om han var barn av ljuset och bäraren av den börda krafterna
utsåg. Han hade kammat håret kanske fyra gånger innan. Volde
gick tillslut fram och tvättade sig under en spegel som stod
rektangel-formad på väggen. Värdshusen var så skickligt snidade
att han inte trodde att det ens fanns någon skada i trät
någonstans i inredningen. Volde hade hört talas om alv magiker
och shamaner som levde i Alderna, han hade hört talas om
orcher och troll men även om dvärgar och vättar. San var nog
den förstående av dem och om inte han hade det så var det bara
bortkastad tid. Volde slutade tvätta ansiktet och fortsatte efter
hela kroppen med hjälp av tvättfatet. Det fanns även ett kar där
han kunde bada om han ville. Det hade han tänkt att göra men
han var tvungen att komma till sans. Han beslöt sig för att bada
och gick ner i karet, det var inte varm eller särskilt kallt bara
sådär att han njöt av vattnet. Efter ett tag kunde Volde rengöra
sig med tvål och gjorde även det. Han hade drömt lugnt hela
natten och det var inte en rispa i talismanen. Men han kände en
viss oro trots allt och hade det inte varit för att han längtat efter
en god natts sömn hade han inte glömt bort resten. Det låg en
visshet över hans känslor och han hade svårt att bemästra dem
dag efter dag. Volde insåg att han kunde få mycket mer än det
han hört talas om, han skulle försöka men att vara magiker av
första rangen var någonting mycket utvecklande. Volde stannade
upp vid fönstret och blickade ut över valven och bågarna på
husen där nedanför och ute längs stads avenyn. Det var vacker
belägen vit kalksten längs gatorna och mitt ibland folkmassorna
som rörde sig runt och handlade varor och köpslog om djur.
Alverna rörde sig graciöst och tog sig ut mitt bland ställen som
Volde trodde var för att undvika oljud och det var väldigt lugnt
och tyst. Ibland kunde man höra olika slags vagnar åka förbi
nedanför och det var inte mer störande. Volde hade hört talas
om skogsalver och de svarta alverna. Mörker alverna var
betydligt svårare att försvara sig mot än tex orcher. Volde tänkte
på hur sin första stora strid skulle utspela sig utan han försökte
förstå hur det fungerade med magin och fick sina frågor

besvarade av läromästarna. Det tog honom första natten på
resan att lära sig förstå hela den eld som han först lärde sig
hantera fungerade. Nog om det. Tänkte Volde och utvecklade
sig en första förståelse om hur han kunde använda eldarna och
när som helst skulle han komma iväg på steg 2. Volde satt lugnt i
badet och reste på sig, han insåg att han suttit nog så länge.
Kanske han skulle bli tvungen att skynda sig. Det visade sig att
det knackade på dörren så fort han stigit ur badet. Volde jäktade
till och kastade på sig de rena kläderna. Han öppnade dörren
och där stod Frid. – Tänkte bara säga till dig att vi går om en
timme. Sade Frid och log lite besynnerligt. Volde nickade och
trollade fram en blomma ifrån Frids öra. – Jag kommer. Sade
Volde och gav Frid blomman. Hon nickade och spände den
tränade halsen och gick ut. Volde tog på sig Den manteln San
hade gett honom och kände i fickorna om han inte hade flera
saker att underhålla med om det skulle behövas. Volde gick ner
och kammade samtidigt bakåt håret i farten, han tog några steg
ner för trappen och ut igenom dörren där alla stod samlade.
Sadin med magikerna i trädet, San och Frid. De väntade inte på
honom utan var bara ute och såg sig om. När alla äntligen var
samlade gick de iväg trots allt och vandringskäpparna stakade
iväg mot det håll de skulle åt. San tittade åt Volde och stannade
bredvid honom innan krönet. – Sadin berättade att vi kommer
att behöva drottning Sarosus. Sade San och tog upp sin pipa och
stoppade den. Volde förstod och fortsatte när de gick runt
krönet. San gick efter och smuttade på pipan, Frid stannade till
och de började sacka efter om inte Volde bara fortsatt framåt.
Sadin visade de ståtliga byggnaderna där framför templet och de
skulle inte ha problem ens att komma förbi vakterna. När de
slutligen var samlade igen fortsatte de in på tempelgården och
såg all sorts vaktkommendering med vakter som gick långsides
med varandra och hade på sig skinande rustningar och ibland
gyllene rustningar. Det fanns en och annan vakt som gick runt
med silverbringa och det var allmänt kalabalik. – Jag glömde inte
nämna varför vi var här! Sade Sadin och manade fram magikerna

som gick runt utan huvudbonader och någon som helst vapen. San fortsatte klumpigt in i en magiker och han höll på att tappa balansen. När de väl släpptes in ifrån den massiva parken. Kom de in i en stilla korridor med lugna vind urholkade salar med all sorts tjänstefolk och soldater. Sadin visade vägen fram till en innegård med stora träd och jättelika buskar med bär. De fortsatte in i ytterligare en korridor och kom fram till en väl bevakad sal där drottningen satt. Hon var riktigt vacker och stillsam och tittade åt ett annat håll när de steg in i salen. Sadin nickade nyktert till hennes undersåtar och bugade sig för henne och alla gjorde likadant, klumpigt men riktigt väl. – Var det Sadin och de ljusbärande? Frågade Sarosus som tittade med sitt gyllene silvriga hår och varma ansikte. – Ja drottning Sarosus. Svarade Sadin. – Då vet ni även att Deawon är på väg hit. Sade Sarosus. – Det visste jag inte men jag kan gissa mig till det. Jag känner hans lukt. Sade Sadin och bugade sig igen. – Det måste han vara. Sade Sarosus och bad dem resa på sig. – Jag har i alla fall satt igång buden åt alla länder runt omkring. Sade Sarosus. Och tog ett steg framåt. Hon steg ut graciös som en unik form av självrespekt och självaktning. Hennes röst tydde på att hon var unik i sitt sätt at verkligen bevara sig efter alla dessa år som hon sades leva. Efter ett tag satte sig alla upp och ställde sig upp, även San och Frid. Volde blev framvinkad av Sadin och ställde sig bredvid honom, - Detta Sarosus är Volde, född av ljuset. Sade Sadin och höll ena handen bakom ryggen på Volde. Volde tittade på drottningen och hon iakttog Volde med den alldeles speciella blicken hon hade när de steg in. Den var graciös men samtidigt väldigt lugn och varm, på något sätt festligt kär tyckte Volde. – Så Volde Ben Callahan. Jag har hört att du är redo att bli Magiker. Och att du fått som i uppdrag att skydda oss. Men även att du behöver beskydd. Sade Sarosus och lät väldigt alvisk. Hennes röst var som om den inte behövde mer kunskap alls. Volde svarade ett "Ja" om än darrig på rösten. – Dåså, Deawon är på väg hit, han kommer att inte vinna den här gången. Även om det bara är början, mörka krafter omsluter träden och alla

varelser under dem. Sade Sarosus och började röra sig graciöst i
den stora salen där pelarna stod upp som om de vuxit ur en
handfast jord. Fönsterna var som valvbågar och de hade glas
och skulpturer runt omkring. Skulpturer som viskade åt dem
även fast de var av vacker vit kalksten. Trummorna började ljuda
och någonstans lät även horn och klockor började ljuda om än
inte högt, bara så att man kunde höra dem. – Vi gör oss redo när
vi vet mer. Sade Sarosus och såg till tjänaren och vinkade till
dem. De sade någonting på Alviska och lät fingrarna dansa
vackert mot Frid, Volde och San. Sarosus vände sig mot Frid. –
Du måste vara Frid. Sade Sarosus och Frid nickade
instämmande. – Du måste vara San. Sade Sarosus och rörde vid
Sans axlar och han nickade instämmande. – Ni måste träffa våra
magiker, jag har hört att ni alla tre har problem med sömnen.
Sade Sarosus och lät lite notorisk. Volde svarade att" så var fallet
och vad kunde de göra". Sarosus log lite mystiskt och lät
fingrarna nudda Volde. – Det finns sånger och texter om just
Sirowan. Sade Sarosus. – Han måste besegras om än i en annan
person så är hans kall väldigt stark, han kommer att göra
vadsomhelst för att förutse profetiorna. Sade Sarosus och tittade
på Frid. – Vi har inte haft en troll-bunden kvinna på många år.
Vi har inte heller haft magiska krafter att lära ut och det i sig har
lett till att vi har tagit magikerna till hjälp. Vi finner det väldigt
viktigt att ha en Shaman till buds. Jag är själv läke kunnig och
håller mig på god fot med gudarna. Sade Sarosus och lät
fingrarna dansa över till San. – Vi känner era krafter och att de
vill ut, men i början visar de sig som tecken och man dras till
andra med kunskaper och energi. Du San är väldigt fäst vid ditt
revir och område, samtidigt som du får oss att dansa hela tiden.
Det är viktigt att kontrollera era känslor även om man är född i
nattens tecken och tro mig det behövs. Sade Sarosus och lät
fingrarna landa på Volde, - Ni kommer att få det ni behöver och
behöver ni läras upp kommer jag att hjälpa er. Sade Sarosus och
tittade Volde i ögonen. – Jag tror att det är viktigt att hjälpa dig
Volde, det är en ära att träffa barn av ljuset. Sade Sarosus och lät

armarna falla åt sidorna. – Mina magiker kommer att hjälpa er
och under tiden måste endast ni veta hur man behärskar sig.
Sade Sarosus och lät magikerna komma in. De var långa och
allvarliga deras öron pekade spetsigt uppåt och visade hjälpande
vägen igenom korridoren med en pekande hand. Volde tog
första steget och gick ut och efter honom gick San och Frid
sammanbitna och lediga. San hjälpte dem vidare han hade läst
om alviska slott. De gick längs korridoren och in det rum där tre
sängar stod och lade sig på en varsin. Efter kom magikerna och
gav dem ett varsitt förgyllt äpple. - Det här äpplet representerar
allt gott som finns under himlen, när äpplet börjar mjukna och
förstöras så blir det skrumpet. Vi vill att ni låter äpplet ta emot
era sömnproblem. Sade den ena magikern och ställde deras
äpplen vid sängen. – Nu ska ni bindas vid äpplena och varje
gång ni sover kommer det att visa sig på äpplena, de blir
skinande. Varje gång ni drömmer så kommer de att bli ännu
mycket mjukare. Drömmer ni mardrömmar så kommer bladet
att vissna och äpplet skrumpna ihop. Vi måste därför binda er
vid äpplet för att kunna balansera bort ondskan. Sade magikern
tyst och bara så att de hörde. Volde stängde ögonen när de sa åt
dem att stänga dem och en mjuk balanserad känsla for över
dem.

*

Frid sov stilla den morgonen efter att varit hos magikern och fått
drömmarna rätt balanserade, hon drömde mycket och sedan
efter ett tag dök det upp en shaman och började smörja in
hennes armar och ben med en salva som gjorde henne mycket
väl vid mods. San, hade drömt en illa varslande mardröm så de
gjorde allt för att läka hans kropp. Volde hade tagit av sig den
talisman de pratade om dagen innan vid matbordet ombord på
båten. Frid antog att de kunde sova gott efter det för det fanns
ingenting heligare än att bli ompysslad. Visst lukterna var mindre
behagligare av shamanens salvor och han hade en rökelse som

irriterade skarpt. Shamanen hade trummat in henne i en rytm
som fick henne att slingra sig likt en orm där hon låg och han
började då sjunga till alla krafter och shamanens medhjälpare gav
henne en dryck att dricka till själva förloppet. Den smakade
ganska sött och hon insåg att det kanske var det allra bästa att
läka in sig i sången. Hon hade spillt dryck längs kragen på sin
ylletröja och hennes koncentration var inte den bästa. Shamanen
dansade runt och slog på sin trumma, han satte sig sedan med
benen i kors och skallrade med ett verktyg medans rummet
fylldes av rök. Frid hade fått ytterligare rysningar i kroppen och
sjönk bakåt in i en drömvärld där hon befann sig i och jagade
likt ett djur runt grottorna. Så snart hon var där började
shamanens musik skaka bort alla onda tankar och hon fortsatte
bara gå runt tills tankarna klarnade till och hon blev väldigt klok
på bara några ögonblick. Hon satte sig ner i drömmen och
plötsligt satt hon mitt inne i ett hus med vackra väggar och
eldstad. Frid dansade där inne och hennes kropp hade en sorts
pirrande känsla i magen. Frid njöt av solen och njöt av vädret,
hennes sanna känslor speglade av sig och hon slog upp ögonen.
Det var helt tomt inne i rummet och Frid reste sig upp, hon gick
fram för att se sig i den alviska spegeln och ansiktet var rodnat
och hon hade slutat lukta salva. Frid insåg att det som verkat
som 5 minuter var en halv dag, solen hade börjat sjunka undan
och lämnade efter sig ett massivt täcke av orosmoln. Lukten av
surnad mjölk och grädde låg tung i de välfyllda korridorerna av
tjänste-folk som irrade vilset men målmedvetet runt fram och
tillbaka i rummen. Volde stod i korridoren och studerade ett av
köken som slottet hade, det var inget märkvärdigt tyckte Frid.
Hon hade läst om alvernas speciella mat och älskade den ganska
mycket. Volde tittade på henne och gick fram till henne. Hans
hår var lite tilltygat och han log lite mellan de tunna läpparna. –
Det har börjat! Sade Volde och pekade på mjölken som var sur.
– Ganska in på ovädret som kommer. Sade Volde och lät lite
överförfriskad och kanske rädd. – Jag tror dig! sade Frid och såg
honom i de himmelsblå ögonen. – En sak är att räkna med om

faran kommer så måste vi försvara oss. Sade Frid och försvarade
sig med liten lugn hand på hans axel. – Jag kanske hittar en
anledning att gå till shamanen. Sade Frid och försökte påminna
Volde om varför de var här. - Jag vet Frid men det hela verkar
rätt så overkligt. Sade Volde och lade handen mot den vita
kalkstensväggen som insupit all ork och energi ifrån honom. –
Vi går ut en stund. Sade Frid och såg att San och Sadin kommit
och stod som två pelare bakom tjänstefolket i korridoren. -
Visst. svarade Volde och de fortsatte i korridoren fram till Sadin.
Sadin som stod och lutade mot staven och tittade på
tjänstefolket hade inte sett dem än. – Jaha där är ni, vi skulle just
gå och hämta er, det har börjat. Sade Sadin och tittade mot
himlen därbakom. – Jag vet inte om vi blir tvungna att stanna
här och beskydda drottningen uti fall att, Deawon kommer hit!
Sade Sadin och tittade med sina uppspärrade ögon på Volde och
Frid. - Låter som om det är på slagfältet vi behövs. Sade San och
drog sin klinga ifrån bältet.
Volde som hade haft staven vid sidan av benen hela tiden
greppade den med båda händerna. – Ja, det kanske är så. Sade
Sadin och vände om och gick mot de andra magikerna som stod
i korridoren längs ingången till drottningens sal.

*

D'iang stod i ett kärr utanför staden Aldena och det var inte
många hundra meter ifrån staden. Han körde ner armarna i
vattnet och drog upp en varelse därifrån och den började
långsamt röra på käkarna och ögonen lös röda av nyfödd
ondska. Deawon satte tillbaka skelettet och det började röra på
sig och gå emot kanten. Efter en stund höjde D'iang staven och
fler och fler skelett och odöda började resa på sig ur den svarta
jorden. Himlen blixtrade av oväder och mörklila sken regnade
ner över kärret. Deawon visste att han var som en ensam segrare
och hans ihåliga skratt ekade över massorna av mumifierade
massor. Snart skallrade det överallt och de som redan inte var
döda hade antingen hjälpt honom eller blivit tvingade till sin

odöda form. Hans makt var total och Deawon började smått
segra över den mörka sidan hans letande var äntligen över.
Deawon sträckte ut sina sidenbeklädda svarta armar och en ren
isande känsla for över hans broderier. Massorna började hylla
honom uti det steget då han förverkligade deras känslor. Det var
inte en känsla av vanmakt utan rent hårresande svart stel och
onaturlig visdom. Deawon älskade sina rörelser och det gjorde
dem ännu mer exalterade och de njöt av att dränka, marken med
blod. Alver runt omkring blev offer för de odödas kalla händer
och vapen, de slets itu medans de ännu levde och dränkte
marken med Deawons ohederliga blodpölar. Fler och fler reste
sig ur jorden och fåglarna täckte himlen medans torkande grenar
smittades ner av ondska.

*

Sarosus satt tyst och tittade över rummet där hennes egna
kammare var och hade varit i över 500 år, det syntes på
inredningen att den hade farit med tiden och klassiska målningar
på väggen fick gång på gång målas om, hon hade slutat räkna
hur många gånger hon låtit dem målas om. Väggbonader hängde
ner längs de smala tunna fönsterna och sängarna var tjock
slingrande ek och det fanns en magisk känsla över hennes sätt
att inreda golv och tak med ljuskronor och fin sten, slipad av
tiden. En doft av vide spred sig över det stora rummet med olika
skrymslen och friare alvisk yta med bågar och dyr, vin som stod
inne i glas-skåpen. Hennes känsla för handel hade förbättrats, på
de senare åren och hon hade inte funnit sig en maka. Hon satt
och kammade det naturligt lockade håret, hennes sång flöt mjukt
mellan väggarna på gammal Alviska. Sarosus kände ondskan
växa sig stark och nätterna hade plågat henne till visshet, nu var
det verkligen dags att sluta upp med sällskapet och hennes
familje-vapen hade plockats fram, hennes bröder satt tysta i den
stora salen med magikerna och samtalade medans hon kände
Deawons gestaltande ande suga livet ur hennes murar. De hade

kanske några timmar som högst att bereda sig på strid och hon visste att Alverna alltid hade varit starka. Folken nere i söder var inte alltid lika samarbetsvilliga och landmassorna i öst och söder förblev fortfarande outforskade, endast få handelsfartyg hade kommit i hamn i Alderna och de visade inget missnöje men det var språk som intresserade Alverna mindre. Det kanske var upp till Sarosu att förstå att allt kanske inte var som en nöt ifrån öster eller tyger ifrån nomadfolken i väster. I söder var det bara skog och öken. Alderna bestod av skogar och få fält dessutom fanns det jägarfolk som höll gränserna intakta. Sarosu hade gjort ett avtal med Lyndia och de var goda grannar. Det fanns viner ifrån norr och stora grönsaker och frukter ifrån gårdarna i söder, där skogsalverna betade av dvärgarnas kamp med vilt i dvärgsala. Sarosu valde att ha handel med människor söder om dvärgsala och Lyndias kung hade varit där länge. Han hade även hälsat på i Alderna och Sarosu hade välkomnat honom och hans följe av hustrudrottning Diouso. Hennes barn reste tillbaka söderut och kungen åkte hem till Lyndia för första gången på 40 år. Alverna var säregna och någorlunda bra på att förekomma nästan överallt söder om Lyndia, men någonting hade skett med deras kontakt och hon fruktade sveket ifrån skogsalverna även om de inte var ovänner. Hennes tankar kom att handla om Volde och hans vänner, de var långt ifrån att bli bortglömda av Stadsalverna, de var ett civiliserat folk och myterna kring dem var bortblåsta sedan länge. Hon mindes dagarna då hon träffade civiliserat folk och hon tog inte efter utan flyttade ut staden ifrån skogarna runt bergen. Efter ett tag mindes hon flera olika slag av folkvandringar de trodde att hon förlorat vettet. Det kanske inte var fallet och missväxt hade varnat dem mycket tidigare så det var det minsta hon kunde göra. Det fanns även myter kring draktronens dräpare och Sarosu tvättade bort fläckarna ifrån historien. Detta skulle sällan hända om hon inte hade fått nog av strider och missförstånd som drabbade dem. Hon mindes ett klart tecken då hon genomskådade ondskan för första gången och tog itu med bergstroll och horder av orcher ifrån den mörka

sidan. Hon kände en fruktan ifrån det öde som passerat och
hennes sång löpte ut i grönskan och gav den innerligt liv, hon
skulle möta ondskan med alla medel ännu en gång. Hennes
murar var nu fulla av soldater och bågskyttar, så även hennes
gator och människor och Alver flydde undan Aldena med
båtarna. Samtidigt red buden ut i väst i småbyarna och så lagom
kunde hennes verkliga vänner inte ha glömt bort henne. Sarosu
hade inte glömt bort någon utan ville inte ha en stad i kaos och
ruiner det fick Deawon att visa hans rätta ansikte. Hon hörde
alarmerande att mjölken surnat och folkslag av annat väsen
väntades tåga in. Hon kunde även kanske till och med få sina
soldater och generaler att bilda en arme av samma storlek på
några timmar. Det kanske skulle visa sig det visste inte Sarosu,
hon var klok och förutsåg en annan strid och inte den här. Det
fick inte hennes generaler att tveka och Tiandur som var den
främste generalen var även en jämnårig med henne själv hon
hade hunnit fylla 554. Tiandur var även hennes bröders
beskyddare och hans uppdrag var att hjälpa folket att förstå på
Alviskt vis. Han hade stridit i bergen och hela hennes här litade
blint på honom. Volde skulle låsa Deawon som magikerna sade
och det här var hans stora strid. Sarosu reste sig upp och
rodnade lite bestämt och gick ut ur rummet. Volde var den hon
förutsåg och skulle förändra hela hennes syn på det alviska
folket, det visste hon och hon var stolt.

*

Buldeswal satt och tittade i den stora salen i Lyndias kungapalats
han började bli med åren och buden sprang gång på gång fram
till lång borden. Han mindes en tid då han var ung och hade
slitits mellan händerna på två ondskefulla kvinnor, det skulle inte
hända igen. Hans familj var stor och som det sextonde barnet
kunde han inte låta bli att ge sig ut ifrån hemmet så fort
någonting var på gång eller det behövde inte ens betyda att
någonting var på gång. Gång på gång hade han gett sig ner i

Bergamins fattigkvarter bland tiggare och tiggarkvinnor.
Gycklarna hade för honom målat upp en parad och han var lika
vanlig där som handen i handsken. Buldeswal hade gått fram till
en tiggarkvinna och frågat om inte hon kunde spå och det kunde
hon inte men hon visste ett ställe där endast kvinnor med
magiska krafter fanns. Det var då han tog sig dit med en del i
fickan och lärde sig känna dem. Men åren gick och han började
hata dem för att de var starka och så en dag blev han vittne till
ett knivöverfall och såg att kvinnan som angrep var en häxa, då
hon hade lämnat ett spåkort.
Buldeswal trodde inte sina ögon utan blev mer och mer aktsam
tills en häxjägare dök upp till staden, det var den store Sargon
och han hade rest världen runt för att återupprätta vad som han
trodde var gudarnas världsuppfattning och den gick ut på att
tjäna guden Solon i allt som hade med ondska att göra. Solon
var en sorts gud som munkarna representerade och han lånade
vartenda uttryck. Det var då Buldeswal beslöt sig för att bli
häxjägare, han fick inte plats i sin stora familj. Buldeswal nickade
åt de sammanbitna männen som satt vid bordet och tittade på
honom, de hade inte råd att hålla intriger och han hade smitit in
osedd. Nu skulle han bilda sitt alldeles egna sällskap och hans
vänner som fortfarande var i livet hade aldrig varit andra än
skogshuggare och jägare. Han kände en del adelsmän men de
som överlevt hans häxjakter kunde med säkerhet inte bli hans
riktiga krets av infiltratörer och spioner på grund utav hans
okunskap runt intriger. Det var intriger som hade skapat landet
och de flesta måste ha känt ett missnöje när kungen återvänt och
hållit sig borta. Det var inte hans familj, den hade han förlorat
kontakten med för längesedan, nej han var ingen häxa.
Buldeswal älskade ingen och särskilt inte de kvinnor som kom i
hans väg, de kunde inte förstå honom och han talade inte deras
språk. Buldeswal mördade flera olika sorters kvinnor och ibland
även tiggare och tjuvar och spågummor. Buldeswal var nu
besluten att ta sig an sitt nya uppdrag, han skulle hitta den där
unga flickan.

San Lum satt tyst i den stora salen och tittade häpet på de
förbifarande unga Alv kvinnorna som med sina former strök
runt och samsades med varandra medans männen satt beslutna
över sina bord, vissa med rustningar och andra utan. Någon
tittade tyst på honom och hela tiden möttes deras blickar. San
var säker på att det skulle bli en stor strid och hans muskler
skulle få arbeta och nu hårdare än någonsin. Volde och Frid satt
tysta bredvid Drewin Cobal och Sadin. De andra magikerna satt
avsides och diskuterade över öl och vin, medans san drack
Alviskt Vin. Frid tittade hela tiden på Volde och de hade inte
slitit sig ifrån diskussionen om mjölken. San hade inte heller
någon större lust att ens tänka på mjölk och
Deawon. San hade inte blivit så särskilt intresserad av
Deawon och han visste att Sirowan var mycket stark i Alderna,
han var inte allsmäktig och gudarna skickade gång på gång
pilgrimmar runt om i världen och munkar. Det var nu dags att
ge sig ut i strid och San var hela tiden uppmärksam på de
beväpnade vakterna som cirkulerade runt i salen. Alver var
snabba krigare och inget skulle komma förbi dem eller deras
kvinnor. San var visserligen ingen hjälte och han hade blivit
överfallen av halvblodsvampyrer. Hans alvmagiker hade gett
honom ett råd om hans flöjt den han fått av Tagul, han skulle
använda den när han var och reste i skogen och melodin gick: ”
fjuui fjjuui fffjjjuuui” det var en lång serenad och den kunde om
han ville bli ett väldigt bra vapen mot alla sortens svarta väsen.
San trodde honom och häxmästaren var en riktig magiker som
Tagul lovade han lärde honom att den visslade gärna efter goda
krafter med de rätta tonerna. Han förstod att man var tvungen
att vara försiktig ändå. De började äta lite av maten och till sist
kom flera alviska bågskyttar in till borden. *Det hade börjat.* San
hörde rykten om svärmar av ohyra som flugit över in i staden
och nu var det annat än gräshoppor och flugor. Tankarna for
igenom honom, tänk om det kanske var en ödesmättad dag.

Alverna som tillhörde drottningens order hade på sig gröna och grå uniformer, vissa bar även beige dress. San nickade förstående till Volde som tittade på Alverna och sedan honom. Hans djupblå ögon hade blivit isblå och dolde en viss kunskap som skulle ta San många år att förstå att han begåvats med själv. I vilket fall så trodde han det. Svärmar av flugor hade nått staden och skymde sikten för bågskyttar och vakter i tornen. San satt tyst och betraktade Alverna när de marscherade tillbaka. Han beundrade deras sammanbitna ansiktsuttryck och den gjorde honom viss om att det var annat än småstadsmentalitet, den som San var van vid. Volde satt och tittade ner i sitt horn med dryck och medans Frid pratade med Sadin kunde San lugnt iaktta de som satt vid hans bord. Den ene var riktigt ståtlig men hade en sorts gnagande känsla i ansiktet som gjorde San mer aktsam än framåtflugen. Musiker började spela i salen och San förstod att det var för gästerna, så länge som det skulle pågå skulle även modet hållas uppe. Det var alviska toner och musiken bäddade in honom i olika känslor som gjorde honom stark opåverkad av alkoholen och maten. Vid ett bord satt en orders general och Sarosus bröder, de tittade tveksamt över rummet tills de reste sig och gick ut ur rummet. San förstod att det var bara en lång väntan och man hade redan börjat täcka över fönsterna med gardiner och bonader. Volde tittade upp på honom och nickade samtidigt som han reste sig upp. San gjorde detsamma och gick fram till honom. – Jag tror att själva muren behöver en liten titt. Sade Volde och kliade sig vid hårfästet och bad Frid följa med honom och San. Sadin nickade åt Frid och de fortsatte ut alla tre igenom salarna medans magikerna förblev kvar hos drottningen. Eftersom mörkret hade börjat krypa på och stämningen var stel och riktigt märkvärdig. San hade känt sig bländad hela dagen och om det fortsatte skulle han återigen återgå till sitt eviga sökande. Hans sökande var aldrig över och hans tankar var lika bländande och oskuldsfulla som han egna behov iakttagelser när det gällde livet i sig självt. Det hade blandats en massa konstigt antog han och hela tiden hade han fått en overklig bild av

Deawon och Alverna i sig. San hade inte blivit avundsjuk på Alverna och han hade inte förbättrats ifrån sitt rätta jag. Vad var det som hade gjort honom så stel och villkorslöst bländad av den rena ondskan. Vad skulle detta leda till? San gick bredvid Volde som uppenbarligen delade av dem ifrån verkligheten och San hade inte hjärta till att säga det. Frid var tyst nu och han kunde känna en märkvärdig känsla mellan de tre. San var den som slitits mellan ont och gott i hela sitt liv, han var den och inte Volde, inte Frid. Men han var också den med sina egna visioner om hur man skulle bygga upp sin tillvaro, han längtade efter att stå mitt framför sin publik och spela ur sig de djuriska eldarna. Han kände sig till trots mycket mer annorlunda och hur det skulle bli fick visa sig. Volde svängde ut igenom portarna där det var alviska trupper runt utgången till Drottning Sarosus slott. San gick efter och stegen rent av knarrade under honom och han kände ett knaster under sina stövlar. Frid gick jämsides med honom som om hon ville viska någonting till honom. San hade ingen aning om hur man tar bort ohyra och det Häxmästaren eller den alviske magikern lärt honom var väl värt ett försök. Han höll hårt i flöjten. Volde balanserade sin stav mellan händerna när de gick upp för trapporna till muren som slutade alldeles vid slottsbyggnaden. Tillslut hamnade San sist och fortsatte tvunget efter Frid som nynnade på den alviska sången de hört i salen. San mindes den fläckfri och mjukt värmande samtidigt som han avundades musikerna, deras jämna flyt och deras starka toner. Volde passerade några bågskyttar som höll på att vifta om sig, medan andra försökte dölja ögonen. San nickade tyst för sig själv som om han försökte få ur sig några ord om att flugorna hade försvunnit. Volde greppade plötsligt tag i staven och höjde på den och sköt iväg en magisk formel rakt upp bland molnen och så att ett blått skimmer regnade ner över dem. – Det här håller flugorna borta. Sade Volde och stannade och vände sig om. San tittade på Volde och sedan på Frid. - Jag tror att jag får försöka med en melodi. Sade San och tog upp den graverade flöjten och sköt iväg några toner. Frid tittade på

flöjten och sedan på San. Hon mindes kanske
halvblodsvampyrerna. Flöjten ekade märkligt över landskapet
där nere och skimret ifrån Voldes besvärjelse lös upp igen. San
kom ihåg sättet att tänka på ifrån gamla alviska sagor, men det
var inte det som fick honom att verka förståndig. Han såg ut
som ett knippe muskler och hade vissa drag i ansiktet som
påminde om stadsvakten i Tavell. San nickade till dem och
tittade ut över den skymmande himlen. – Vi måste tillbaka igen.
Sade San och de följdes åt ner och förbi alverna som vaktade
stadsporten. San kände igen melodin och han hade blivit påmind
igen om att det var någonting han fått lära sig när han höll i
flöjten för första gången. Hans allra första flöjt var rak och enkel
men den hade viss glans då han uppträdde med klassiska visor
och delade all sin uppmärksamhet med den. Frid var vacker men
hans första flöjt var något rent utomordentligt märkvärdigt. San
följde efter Volde som han började uppfatta som mer enstörig
än någon annan han kände och det gjorde han för att inte verka
sämre som vän när det gällde att lägga omkull spelet. Ja just det
spelet som de spelade mot varandra var lika uppnosigt som
nyfiket och Frid var den som alltid fick dem att sluta bråka,
någonstans hade de kastat det bakom sig. San iakttog Volde
medans han dansade före honom i en dress han fått av
Drottningens magiker, de hade alla tre likadana nu och det
passade sig inte att tacka nej. Den var av Alviskt tyg och
skyddade mot vissa magiska vibrationer och mörker. Magikerna
hade alla likadana nu och de hade nu blivit en orden även om
inget hade sagts. Det var en självklar tanke och man hade samlat
sig i ett litet rum jämsides, alla var där utom Sarosus och hennes
bröder. De satt vid den stilla lägerelden och samtalade, magiker
och adelsmän. Det var adelsmän och krigare ifrån hela världen
och de var långa och korta, runda och muskulösa, krigare och
musiker, kvinnor och barn och unga kvinnor som rodnade när
de fick syn på Volde och San. Frid gjorde entré och satte sig
sedan bredvid Holz, han var adlig och gammal. Holz var kanske
äldst och han såg väldigt ung ut och det förbryllade San, med

liksom munkarna hade de vigt sina liv åt sitt träd och kunde inte misstas för någonting annat. San satte sig bredvid Sadin och han började långsamt stoppa sin pipa. Volde satte sig bredvid Sadin i den stora fåtöljen som var tillverkad av ett folk, söder om dvärgsala. De satt alla tre i likadana fåtöljer vackert flätade och ganska lätta att flytta på. San tittade på Sadin som satt buskig bakom sitt stora skägg, med en hand runt en smyckad guldbägare medan Volde tog sig an en bit kyckling. San förblev väldigt intresserad av Sadin som om han skulle tala eller någonting. Sadin nickade förstående. – Vi ger oss inte ut utanför staden det är för farligt. Sade Sadin och drack av bägaren. Volde nickade och tog en bit bröd. – Sarosus har skickat efter hjälp ifrån sina arméer, de kanske genskjuter eventuellt anfall om det behövs. Annars får vi slå oss ut. Lyndia kommer att skicka hjälp, men sinom tid. Sade Sadin och rullade bägaren i handen. Volde började dricka av cidern och lät San förundrat titta på de unga adelskvinnorna. San tittade över rummet som var smyckat för gäster i staden och några vapen hängde på väggarna, han kunde se de vackert snidade träfigurerna som föreställde de alviska gudarna och en del växter som nästan ringlade sig ur krukorna. De stora bladen var verkligen vackra och en del saker kunde man föreställa sig var alviska redskap i all enkelhet. Det satt djupblå väggbonader om de alviska slagen mot Sirowan och tiden ifrån de djupa skogarna. San satt och njöt av musiken ifrån en speleman som han tyckte han kände igen ifrån den stora salen. Klätterväxterna dansade nästan runt de vita väggarna och en djup harmoni spred sig i rummet, San nästan sträckte sig efter flöjten.

*

9
Belägringen

Volde Callahan satt och tittade vid murens ena kant längs raderna av bågskyttar och fanbärare, ett stråk av musiker gick där nere och ville nog in i staden, några av dem cirkulerade med armarna i förmiddags-solen. Volde släppte taget om muren och följde bakom ryggarna på Alverna mot en liten trapp-byggnad vid mitten av muren. Volde gick in genom den hårda dörren som gick att öppna med ett ryck. Snart hade han kommit in i trapphuset och där stod några Alver och diskuterade med vapen i händerna. Volde gick förbi de bistra alverna med sina gyllene rustningar ut på andra sidan av husets mur. Där ute stod alviska bågskyttar och åter bågskyttar, radade i silver-rustningar och fanbärare med gyllene rustningar. Volde kom fram till den muren och tittade ut över det skogiga landskapet runt om. Det var alldeles tyst och fåglarna var så tysta som om det inte var tillräckligt tyst. Man kunde känna en svag odör i luften och någonstans fanns det svaga flugor efter att Volde hållit dem borta gång på gång. San och Frid var hos sina respektive mästare och hade varit det hela dagen, de hade fått lära sig att hantera sina känslor och magiska kunskaper. Volde tvivlade inte på dem och det var av en slump han hade lärt sig sina, han hade nu övat i tysthet varje dag och brist på papper gjorde honom mer entusiastisk att testa sina färdigheter. Volde hade kastat en besvärjelse i smyg för att se om den gav vika när han ville det, han kanske behärskade sin kreativitet när det gällde att snärja in sina kunskaper i sina trix och trolleri-förmågor. Han behärskade magi och det gjorde honom stark, men nu behärskade han även den stav som valt honom och det gjorde honom kreativ. Ibland undrade Volde om det som sades om honom var rätt och riktigt, han undrade om det inte var nyheten i sig som kretsade runt honom och inte det han sades göra. Vad skulle han göra? Kunde han stoppa ondskan och var det den dagen då Norn hittat honom i sängen med en magisk sfär om sig som verkligen fick upp ögonen på magikerna. Volde kände vinden tätna ifrån havet från själva slottets håll vid sidan av staden, han kände att det inte var av godhet. Efter ett tag kom en illa stank och solen blev på nytt skymd av mörka moln, det blev nästan svart utav moln. Volde drog ena ärmen över pannan och kände ett tryck ifrån den mörka sidan som han endast känt när han drömt. En liten stund gick och det började regna och hagla. Volde kände ögon borra sig in i honom, han kände en stank av ondska och en stunds rädsla och att han skulle bräcka. Volde började nästan skaka av känslorna och han hade inte glömt sina vänner. Det började mullra högt uppe i skyn och en blixt slog ner bland träden där nedanför. Ett djupt dån skallrade träden och han kände ondskan närvarande, Volde blev rädd och ryggade tillbaka till den andra sidan av muren. Hur skulle han tåla detta? Tankarna började tvivla en serenad inuti hans huvud och hans känslor började tala till honom *Hur ska du klara av detta Volde*, han reste sig upp mot muren och tittade ner mot allt folk som började skynda in tack vare regnet. *Det går inte en dag Volde.* Volde reste sig ifrån att hoppa ner och gick tillbaka till den plats, kanske tio meter ifrån Alverna. Volde tittade ner och såg skogen dränkas i floder av regn. *Hur minns du detta sen* Volde hukade sig ner och bet ihop under regnet, hans tankar var i uppror och de hade inte börjat tala till honom än som de en gång brukade göra. Utan den här gången svalde de honom i en annan position, han förblev paralyserad och kunde inte svara dem som han brukade göra, han blev bara förvirrad och medaljongen kändes som en tung sten. Volde reste sig upp och tittade ut över fälten, där långt borta bakom träden såg han nu fanor skjuta upp under mörka moln och sprängande solstrålar. Volde vinkade till Alverna som ropade efter deras befälhavare. Snart skulle det börja regna pilar och Volde började fråga sig om vad det var för någonting som kom ifrån fjärran. Snart skulle man se trampet och höra deras enträgna läten. Volde även frågade sig om det inte var någonting annat ifrån denna värld som sett världsvalvet för första gången på länge. Alverna hade satt igång larmet och klockorna började snart ringa över hela staden. Volde tittade ut över de marscherande trupperna och kunde känna en avsky mot honom och resten av allt levande, klockorna ringde och han kände att allt blev lättare. Efter några minuter såg han figurer och snart hördes trummor därifrån och en hemsk känsla lade sig över staden, Volde kämpade innerligt mot denna känsla och förblev paralyserad av det som visade sig under regnet. Han trodde inte riktigt sina ögon och armarna började känna sig mjuka och porösa av bristen på energi, det var som om någonting ville äta honom med hull och hår. Volde greppade hårt tag i muren så armarna började skaka, den försökte få kontroll över honom. Han insåg tillslut att det var någonting han var tvungen att göra. Han tog loss staven ifrån sidan och höjde den över huvudet och kastade en magisk formel över himlen som höll den påverkande ondskan borta. Han hoppades att de andra magikerna skulle känna hans kraft. Minuterna gick och trupperna på intåg hade stannat till. Volde väntade och kastade iväg ännu en besvärjelse över himlen under molnen och staden, den här gången tog han i och ett ljusblått skimmer blixtrade till en kort stund och föll sedan under regnet. Han kände att kraften hade gett honom ny styrka och att han igen började känna igen sig själv. Sadin kom upp ur trapphuset med de andra efter sig, de enda som saknades

var Frid och San. Volde nickade till dem och torkade av den regnvåta pannan. De kastade efter en stund en besvärjelse över dem och Drewin ställde sig bredvid Volde och tittade ner. – Vi bör inte avslöja oss allt för mycket. Spar på krafterna och gå in medans vi tar hand om att skydda staden. Sade Drewin och motade bort en fluga. – Jag kan känna förruttnelsen. Sade Volde och pekade på trupperna vid horisonten. – Ta det bara lugnt, sätt några skyddande besvärjelser inne i slottet, det som vi har

glömt. Sarosus kommer att hjälpa dig för hon vet vad jag menar.
Gör nu som jag säger Volde. Sade Drewin och höjde staven just
när det blixtrade i närheten och han höll en lång energi stråle
rakt upp i molnen. De andra magikerna ställde sig i position och
gjorde samma sak. Volde tog sig först över ögonen men insåg att
deras ljusblå strålar var någonting annat. Han fortsatte iväg
mellan dem in i trappbyggnaden och började kliva ner för
trapporna. Volde insåg någonstans i bakhuvudet att han var på
en annan plats och varför hindrade de honom ifrån att möta
Deawon? Volde kom ihåg tankarna och skyndade sig ner för
trapporna ut på gården där nedanför. Vindruvorna växte fritt där
och han kände en genant närvaro av alvfamiljer som stod och
tittade på honom och upp på muren. Han fällde upp luvan och
fortsatte in till slottsbyggnaden 25 meter därifrån. Drewin tyckte
nog att det kanske behövdes en sorts hjälp därinne, men hur
skulle han klara av det. Han kanske inte var mogen för
någonting. Volde gick förbi vakterna vid gården där klängväxter
och vackra blommor prydde ingångar och fasader. Volde kom in
i en sal som var av skinande marmor och hade väldigt många
förgyllda väggbonader och mattor på det vita golvet. Några
vakter marscherade förbi honom på väg ut och efter dem kom
en nyfiken folkmassa med kläder ifrån världens alla hörn. Volde
nickade åt en adelsman som han hade talat med kvällen innan
han svarade honom och gick efter vakterna. Några alver valde
att följa efter Volde till övervåningen som var några få trappor
upp över muren. Det var den södra ingången och man fick gå i
en spiral för att komma fram till salen. De röda mattorna låg
som täcken på golvet. Volde gick in i en sal där de först suttit
och han insåg plötsligt att det var självaste Sarosus som kom
fram till honom – Volde kasta en magisk sång över rummet.
Sade hon lågt och mjukt. Volde gjorde det efter ett tag och
rummet sken upp i en mjuk serenad av beskyddande magi.
Sarosu började sjunga och han kände sin magi födas på nytt inne
i rummet, hon slappnade av efter en stund och lät händerna falla
till sidan av sin magiker-kåpa och rock. Volde tog i på nytt och

rummet sken upp och det började långsamt breda ut sig en väl-
känsla och harmoni. Det började grönska och Volde tittade på
Sarosus som började värmas till en rodnande serenad av känslor
och lugn. – Här Volde kan de inte tränga in. Sade Sarosus och
kastade en sång över Volde så att han sken upp i mitten av
rummet, han kände en glädje, en glädje som började sprida sig
runt slottet och staden, mjukt och rent av energiskt, likt ljus som
genast stärktes av ren magi. Volde släppte loss några strålar kraft
som dansade in i harmonin och målade energiskt ett lugn och en
härd av sann styrka. Sarosu lugnade ner sig och det gjorde även
volde och han såg hennes lockar dansa på rätt plats efter att ha
lyst upp under sig själva. – Kom Volde vi måste gå till dina
vänner. Sade Sarosus och sänkte armarna så att slöjorna på
hennes vita broderade dräkt fladdrade ljusblå i vinden. Volde såg
en strimma ljus mellan en takkrona ifrån ett halvt igen täckt
fönster. Volde nickade åt Sarosus och såg henne först nu som en
räddare i nöden. Han blev häpen över sitt sätt att hantera magin
och besvärjelsen. Hon gick först när Volde tog sig samman och
följde efter henne. De fortsatte, Volde med magiker-kåpan över
huvudet som skydd ifrån Deawon och Sarosus i sin vita
broderade dräkt. De kom fram till korridoren där de väntade i
två olika salar och samtalade med magikerna. De kom först fram
till San som satt vid sin säng, fullt skinande av en magisk
besvärjelse, vitt och blått sken. På väggarna stod stora
klängväxter med magiska blad och under några broderier var
väggarna likt skal över varandra i bladmönster och vågor. Efter
en stund slutade magikern och gick fram till Sarosus. – Det
kommer att ta tid min drottning, jag kan känna ett vilddjur till
stjäl och starka mörka och ljusa krafter hos honom, det går inte
riktigt att läka än. Sade Häxmästaren och hjälpte upp San. – Din
vän är här San. Sade magikern och hjälpte San igenom de första
stegen. – Bra. Sade San och tittade upp lite sömnig. Volde
reagerade lite svagt men insåg att San kanske behövde mer hjälp
än han trodde. – Och Frid? Frågade Volde och hon dök upp
alldeles bakom honom och gick fram till San med sina perfekta

former. San kom upp på benen när Sarosus lade handen på hans panna och sjöng fram några värmande ord som tycktes dansa fram ur hennes handflata med energisk magi, ljus och helande. – ja, jag är klar. Sade Frid och höll i ett spjut av märklig härkomst. Volde hade inte sett det förrän nu och hursomhelst hade hon ett sätt som fick dem att verka mindre märkliga men samtidig för varma. –Trupperna är på intåg. Sade Volde och Sarosus släppte San så att han rätade på ryggen. – Ja visst. Sade Sarosus och vände om och Volde, San och Frid följde efter. De två andra magikerna kom efter och alla verkade tiga om sina upplevelser, även Frid. Volde förstod att det inte fanns någonting att prata om och det gjorde honom mer nyfiken. San hade förstås sina saker med sig och spände fast svärdet och tog på sig kåpan som Volde över sitt bruna hår. Frid gick tyst bredvid Volde och höll spjutet nedfällt, de hade blivit beredda på sin första strid. Volde höll staven i högerhanden och vägde bestämt varje steg i luften med den. Staven var utmärkt och i början hade Volde inte känt någonting, men nu började den skydda hans varje steg på ett märkvärdigt vis och den var lätt att leda magi med. Magiska formler cirkulerade i Voldes huvud, nu var han bestämt inte ensam längre att ta besinning över hans kropp, de talade till honom som huvudräkning och Volde som inte hade haft tid att tänka, behövde inte oroa sig. Sarosus hade sett till att de hade blivit beskyddade och hon hade även sett till att de fått husrum och Volde som hade stigit upp väldigt tidigt den natten för att gå ut till muren, kände ingen som helst oro över Deawon längre. Det kanske inte hade tagit sin början eller kommit fram framför hans ögon men han visste på något sätt att det var ett uppdrag som var tvunget att visa sig rätt. Det Sadin hade sagt stämde kanske, men det fanns olika saker som verkligen behövde ljus och kunskap. De olika folkslagen hade egna traditioner och Volde var mer intresserad av dem än grottor varelser. Han kanske skulle få erfara både och. Volde följde tyst Sarosus och lät vakterna som stod vid porten vara på sitt bästa humör. Frid stod tyst bredvid Sarosus där hon stannat upp vid ett bord med vapen. – Du behöver inga vapen Volde, ni andra får ta vad ni kan använda. Sade Sarosus. De hade levt sina liv kring intriger och hemlighetsmakeri, senast var det någon som varnat Tagul, Volde insåg att det tvunget var någon som försökte hjälpa. Han hade varit med om liknande saker i Callahans värdshus. Volde hade ingen tur men när han uppträdde fick han en del helvändningar och lyckades räkna ut människors steg och drag. Han hade inga egna speciella drag utan höll sig bakom sina konster. Han försökte och han var väldigt duktig. Helt enastående. Volde tittade på Sarosus och sedan på Frid som tog upp några knivar och bälte till dem. San tog en Alvisk kniv och stoppade i livremmen. Volde tittade på och sjönk in i tankarna. – Nu väntar vi. Sade Sarosus och pekade mot utgången - mina spejare kommer snart tillbaka. Sade Sarosus

*

Frid satt tyst och tittade på huk under murkanten. Det hördes trummor och samtidigt som åskan slog verkade ovädret inte släppa, det piskade ner av surt regn och vinden slog mot lyktor och luckor. Skaran därutanför hade vuxit under tiden de satt där och man höll låg profil, dessa kunde endast tas med överraskning sades det. Frid hade vandrat runt i sin värld flera timmar på förmiddagen och jagat likt ett kattdjur. Hon mindes sina steg och hur man överraskade bytet och hur man bestämt tog sig an sina fiender. Frid visste att de där skarorna skulle komma när de flesta sov. Man hade slagit upp läger mitt ute på gatorna och satt och värmde sig vid skyddade eldar. Det verkade först trevligt men Frid hade suttit vid sin plats i kanske fyra timmar och hennes kropp var stel men samtidigt rörlig. San och Volde stod beredda på muren och när natten föll skulle även trupperna därute på fälten anfalla. Frid stod på sin plats väl medveten om att det kanske var det enda rätta hon kunde förmå sig att göra. Hennes tankar var som mjuka fingrar som retade en

~ 114 ~

öppen eld. Vad det än var så ville de inte komma närmare och Volde hade kastat några besvärjelser och magiska formler rakt upp i skyn. Sarosus var i sitt läger vid den norra sidan och i värsta fall skulle de få vänta in förstärkning. Spejarna hade återkommit till Sarosus och vad som sedan hände var att de utmattade fick bäras till de läkkunniga. Spejarna sade någonting om att de döda hade fått liv och skrämde vettet ur dem. Frid började inse att de döda var på återtåg och enligt de sägner som fanns så var de döda ute efter den ljusfödde, det var bara början på vad Sirowan sades göra. Volde var i fara och om han var det var de också det. Frid litade på sina vänner och inte minst San. Volde var alltid den som lyckades komma undan faran vart han än gick men San var det totala motsatta. Frid hade varit av den lugnare naturen och när som helst kunde hon bli tvungen att rädda någon av dem som vanligt. Det hade börjat regna ordentligt och en illa varslande lukt smet in mellan de lugnande men upprörda andetagen. Frid insåg att hon lyckats gömma sig undan den värsta blåsten och nu blev hon tvungen att ta sig fram till Sarosus tält. Hon började tvivla men efter att gå sakta och hukad fram till trapphuset, kunde hon sträcka på sig i det trånga utrymmet. Där inne kom tre vakter fram till henne och förbi ut till muren. Frid fortsatte ner för den väldigt stora trappan och förbi utgångarna ner till ytterligare en utgång. Hon kom slutligen ner till marknadsplatsen och gick tyst fram till Sarosus läger, där flera män och några människor stod och planerade. De gråa rustningarna skiljde sig ifrån alvernas och hon antog att de var legosoldater. Suruwan hette i alla fall en delvis skallig och mörkhårig man. Han var en hjälte bland alverna och red sitt kavalleri med spjutmän i alla lägen. Sarosus stod med ryggen vänd mot männen när Frid steg in mitt bland dem. – stig fram Frid. sade Sarosus och vände sig sakta om. – De odöda kommer för våra själar. Sade Sarosus och tittade bekymrat på Frid och satte handen under hakan. – Vi får inte ge oss vi är ca 10 000 man mot kanske 15 000 odöda ikväll. Sade Sarosus. – Deras skaror har växt med 9 000 man bara inatt. Sade

Sarosus och tittade på Suruwan och efter en stund gav han sig vika. – Ja vi såg dem väcka döda till liv längs ruinerna utanför staden. I kyrkogårdar och i kärr. Sade Suruwan och tittade bekymrat på Frid med sina mörka ögon. – Vi måste slå till, men vi kan inte göra det såhär. Det är precis som Deawon vill. Sade Sarosus och tittade på Frid. Frid kunde inte säga någonting utan nickade bestämt. Någonstans hade hon en aning om vad som skulle ske, men än så länge var det en liten pirrig känsla. Det var ett kaos och odjuret Deawon bara blev allt starkare och starkare, han på något sätt ringde igång hennes tankar och hon började ana hans närvaro som någonting fruktansvärt och ondskefullt, som om hon redan hade träffat honom. Eller så var det bara att hennes naturliga instinkter som tog fart och retade henne in i en sensuell misstanke som speglade sig mot en nattsvart skymning. Hon kände sitt djur och endast det och hon kände en hunger samtidigt som hon förnekade alla lustar. Frid nickade åt de båda två och tittade på kartan på bordet. – Vi kan skicka mer spejare och våra alver är mycket snabbare här.

Sade Suruwan och kliade sig över pannan. – Ja gör så och ta med er några av våra magiker, vi måste tälja ner den här stubben. Sade Sarosus och visade med vänsterhanden mot några av hennes magiker som stod alldeles intill tältet, de stod upprätta med bistra ansikten och glödande ögon. Frid nickade bestämt åt de båda och ringade in sitt sätt att inte låta sig påverkas av någonting. Hon hade plötsligt fått fly ifrån Duel med sina vänner och det gjorde henne mer iakttagande och vaksam. Det hade visat sig vara mycket mer än de välklädda soldaterna som spelade in en viktig roll, hennes sätt att bemöta det vardagliga hade blivit mer stel och stillsamt sätt att bara iaktta allt som rörde sig. Och hennes sätt att verkligen ta vara på det som kom var hennes sätt att få rätsida. Hon betraktade plötsligt allt ringande ifrån Deawon som om hon använt en mer sensuell sida av sig själv, där det balanserande djuret tog överhand och verkligen ville ut och kräva sin rätt som ett sätt att markera. Sarosus tittade på Frid och sedan på kartan. – Vi har kvar alla soldater på murarna och så kan vi känna oss trygga till förstärkningen ifrån resten av Alderna kommer fram. Sade Sarosus och vinkade till sig Sadin som gått längs tältet. Hennes uppsyn var lugn och sansad men även lite lekfull. – Sadin, vi väntar på buden på väg till Bergamin, men vi väntar även på buden ifrån Dvärgsala. Sade Sarosus och menade på att den långe buskige mannen skulle hitta ytterligare bud. – Ja min sköna, vi har flera spejare på vägarna som kan agera som bud Lyndia runt. Sade Sadin och tittade på Frid. – Vi skickar flera bud till hamnarna på en gång. Sade Sadin och bugade sig på ett märkvärdigt och djupt sätt inför de tre och gick sin väg. Frid tittade på Suruwan som började långsamt röra sig mot utgången av tältet, det var som om han otåligt väntade på nästa strid. - Jag tror att vi löser det här nu, sade Suruwan och gick ut ur tältet. – Våra generaler håller på att planera. Sade Sarosus och satte sig i en stol och lät delar av dräkten falla ner. Frid svarade ett "ja" och gick ut ur tältet efter Sadin och medan hon gick följde hennes instinkter henne hela tiden, det var som om en pjäs utspelade sig runt om. Hennes steg var vaksamma och hon kände nästan på sig att Sadin var i närheten. Precis när hon skulle vända vid ett av tälten dök San upp och tittade på henne. – Jag trodde att någonting hade hänt eftersom du inte var kvar på muren när jag gick fram för att se efter. Sade San och kliade sig under ena ärmen. – Ja vi talades vid i ett av tälten. Sade Frid och letade med blicken efter Volde. – Jag tror att Volde är kvar och slår ut större besvärjelser över oss. Sade San och pekade mot den skimrande kupolen över deras huvuden. – Är han verkligen så stark Volde? Frågade Frid och tittade tveksamt på San. – Ja och han kommer att bli mycket starkare om han tillåts leka fritt. Svarade San och tittade ut över staden som växte likt gråa kolonner i regnet. Frid nickade med sin mjukt muskulösa hals och de två fortsatte mot det håll Sadin gått åt. Längs den långa stadsmuren. Timmarna gick medan de såg sig om i staden och letade efter Sadin och de andra när de tillslut mitt i all uppståndelse fick syn på Volde. Han kom fram till dem ur sitt skrymsle under en lång trappa, Volde tittade åt dem med en besvärad blick och han ville nästan sluka dem med den lyster som utspelade sig under ögonlocken. Frid tittade uppåt och Volde nickade bestämt åt henne. – Vi blir kvar ett tag här och det ser ut som om vi får börja leta oss fram till nästa gren. Sade Volde och skämtade medan hans armar gestikulerade mot muren. – Kom vi går och letar efter Sadin. Sade San och tvekade lite om han överhuvudtaget skulle få med Volde på det. – Visst. Svarade Volde och pekade mot ett litet avsides hus längs den breda gatan in mot stadens mitt. – Han är där. Sade Volde och tog upp en bit bröd ur fickan och tog sig en sammanbiten tugga så att Frid såg kinderna börja svälla upp. – Det är antagligen bara att gå dit. Sade Volde med mat i munnen. San nickade åt Volde och gav honom sitt dryckes-horn fyllt med öl. Frid blev givetvis lite generad och började leta i fickorna efter några frukter hon fått tidigare den morgonen. – Volde bli med, vi kanske får en bit att äta. Sade Frid och tittade på Volde som stod där med sitt rufsiga hår och breda leende. San lade armen om Volde och de tre fortsatte ner mot byggnaden där han antogs vara. Frid gick bestämt först och de tre rundade ena huset in mot en gård med grisar och höns. Frid trodde inte att Alver åt kött eller ens ägg. Nu fick hon bestämt en annan uppfattning, dessa var stadsalver och sådana bryggde egna brygder och det som inte var häxbrygd var till dem själva, samma sak hände med de åkrar de hade och de fält som ibland kunde innehålla vilda ängsblommor och betesmarker. Var det kanske inte en annorlunda syn på den rytmiska musiken hon hört och blev alldeles rörd av. San kunde inte hjälpa att han spelade starka visor med speciella texter, men Alverna berörde dem någonting extra speciellt på alla sätt. Frid hade insett att de skiljde sig ifrån varandra precis som San och Volde och Norn och hon. De kom fram till en blå dörr och knackade på. San var den som knackade först och sedan Volde, Frid stod bredvid och tittade uppmärksamt på dörren. En lång stund gick och efter ett tag verkade det som om någon skulle komma och öppna, men inte. Frid tittade efter Volde som klev

över ett staket in på baksidan och de följde efter. Tillslut kom de
fram till en trädgård med märkliga örter och växter som slog ut
mot alla håll och väggar, över deras huvuden längs stödjande
staket och mossiga stigar. – Sadin! Ropade Volde och efter en
stunds väntan dök Sadin upp med armarna fulla av växter och
örter. – Vad bra, då kan ni hjälpa till att leta efter alla de växter
som jag ska ha till min särskilda läke-dryck. Sade Sadin och
tittade på Volde som förundrat tittade på San. – Just nu?
Frågade Frid och tittade på San. – Det är hög tid för det, ja! Sade
Sadin och lade växterna på ett litet blått bord längs en
vindruvsranka. Trädgården var enorm och Frid blev alldeles
förtjust av den. – Frid hittar. Sade San och ledde fram henne till
Sadin där hon stått längs rankan på andra sidan ingången till
trädgården. – Alverna som bor här är inte här längre så de kan
inte hjälpa oss! Sade Sadin och tog upp en växt med lång stjälk
och gul blomma. – tre till av den här. Sade Sadin och visade den
för henne. Frid nickade för hon visste precis vad den gjorde.
Hon gick iväg till en solig plats och där hittade hon dem direkt.
Hon skar av ett knippe med blommor och tog med sig dem,
samtidigt som hon stoppade på sig några uti fall att. Sadin tog
vilsen i tankarna emot blommorna och tittade på henne bakom
ögonbrynen och lade dem på bordet. – Detta tar inte lång stund
så gå ni tillbaka till muren. Sade Sadin och packade ner växterna
i en sadelväska. San nickade och började gå mot staketet och
efter gick Volde och sist Frid. De kom över staketet och fram till
gatan som var väldigt gammal och ifrån en annan tid, det var
Frid säker på. Det var så rent på gatorna och det fanns inte
mycket spår av någonting som kunde visa på att folk bodde där.
Några förbi passerande nickade åt dem, samtidigt som de
verkade lyckliga trots all uppståndelse. Frid tittade mot ett långt
håll över muren som vit sträckte sig in mot slottet. Hon såg
soldater och alver i alla sorts kläder, hon såg även magiker och
bönder med hö och förnödenheter. Tillslut kom de upp för
muren och där var molnen tjocka regniga, hon kunde inte slita
tankarna ifrån trädgården som gav henne en solig inblick till

skillnad ifrån muren. San pekade mot massorna som hela tiden växte långt ifrån dem. – Där ser ni molnen, de blir röda. Sade San och visade med handflatan. – Ja, sade Volde och visade mot havet. – titta där, alldeles blått och soligt. Sade Volde och Frid blickade tillbaka mot havet. – Det han gör är att han länkar sig med allt som inte lever, han väcker dem till liv. Sade Volde och höjde staven en liten bit ifrån huvudet och lät kraften strömma igenom och måla hela himlen ljusblå. – Vi kan ingenting annat göra än hålla deras besvärjelser borta härifrån, jag vet inte om det handlar om en eller två magiker. Sade Volde och sänkte armen med staven i. San tittade på Volde och pekade sedan på magikerna som stod en bit bort ifrån dem. De hade börjat svara Volde med samma kraft och snart blev det soligt igen. – Solen håller dem borta en stund.

Sade Volde och följde San ner för trapporna till ett av tälten, Frid gick efter tyst. De hade tillslut kommit fram till den plats där stränga Alver lagade mat och gav folket så mycket de kunde av färskvaror och påsar med mjöl. Soppköket lockade san och han satte sig med en tallrik han fått av en äldre dam, San tänkte inte på att det kanske även fanns andra människor och Volde började genast tala med henne. Frid tog emot sin tallrik och det bröd som fanns, snart var de omringade av nyfikna alviska barn och några kvinnor frid inte tänkte gissa åldern på. Det var inte ovanligt att de levde länge. San satte sig tyst ner och tog sig en bit bröd medan Frid lyckades sätta sig mittemot honom, hennes tankar var ljumna av dagens upplevelser i trädgården och hon drogs till allt grönt här. San hade en bekymrad blick och även fast människor och Alver smet tyst förbi överallt så kunde de inte undvika att smittas av oron. Några soldater marscherade förbi i sina rusningar och allt tycktes upphöra, man kastade blickarna åt dem och Frid samlade sina tankar kring de ruiner hon en gång sett ifrån muren. All den här uppståndelsen betydde att de åter igen var hotade och att de var tvungna att följa Volde till det slut som väntade dem. Hennes tankar for tillbaka till shamanen och de danser han utfört och hur hon lyckat samtala med det undermedvetna Frid som kanske inte mer än bara ägde rum i stillhet och tidlöshet. Hon skulle känna en dragningskraft till allt som växte och hörde hennes natur till samtidigt som hon jagade i drömmarna efter en plats, det hade hon fått veta efteråt i matsalen. Frid hade nämligen pratat med Sadin och de tankar som förde honom ännu längre bak i tiden chockade henne ytligt men lät tankarna bero till hans berättelser om en plats där kvinnorna levde tillsammans och hade männen i andra byar och jägarfolket som levde i harmoni med naturen. Allt hade tytt på att hon var en säregen magikunnig sådan och kunde väcka liv i sitt folk med spådomar och de alver som en gång lämnat henne utanför Callahans jaktstuga gjorde rätt i det. Stugan var nu borta och det var även åren, det var tur för henne att San och Volde fanns kvar och den tillfällighet som fört de tre samman var nya sagor och i Sans fall, berättelser i sånger. Han hade tagit fram ett instrument som han hade fått av magikerna och satt och spelade lite tyst. Frid kände en annorlunda sorts värme i hans musik och Volde var allt ifrån upptagen till ängslig där han stod framför grytan och talade med kvinnan, de två kom sedan fram till bordet och satte sig. – Jag kan med säkerhet Volde se i dina ögon att du har en sorts längtan, den längtan finns endast hos bärare av ljuset. Sade Kvinnan som sedan satt ihopkrupet på sin plats i bänken och studerade hans handflata. – Jag ser även långa streck i ditt förflutna och mycket glädje men samtidigt en ondska växa sig allt större. Sade kvinnan och sträckte sig efter Frids handflata. – Ser man på din hand kan jag inte läsa men en godhet finns inuti dig. Sade kvinnan och sträckte sig efter Sans hand. Hon tittade djupt i handen och lät en längre nagel vandra längs handflatan. – Det lurar faror och de som inte följer spåret rätt kommer att gå undan eller att byta till mörkrets makter. Jag ser även ont blod och gott blod förenas och bli en jättelik skugga över himlavalvet. Det är de döda som vill er någonting. Sade kvinnan och reste sig ifrån sin plats och tog fram ett skrin ur en tyg säck. Hon fingrade fram tre ringar och gav dem en varsin och tittade Frid skärrat i ögonen. – De här får ni för att ni tagit

mig ända till er. Och som jag letat efter jägarfolkets barn utan att
hittat dem. De här tre ringarna symboliserar kraft och kommer
väl till hands en dag då ni är i fara. Sade kvinnan och lade en ring
i varje handflata. – San, jag vet att du heter San, spela en sång för
oss i din egen takt. Sade kvinnan och stängde Sans hand. San
började spela och lät tonerna djupt följa efter hans flöjt, det var
en Alvisk visa San brukade spela på bröllop ibland, ingen dålig
låt men Frid hade ingen text att följa. Så snart han började spela
kom det allt fler gäster fram till hennes tält och hon kunde dela
ut sin mat. Frid tänkte tyst på vad kvinnan hade sagt och att hon
inte hade kunnat läsa hennes hand. Frid satt och tänkte efter ett
tag började de röra sig mot muren igen och San, Volde och Frid
följde efter till den plats där de andra magikerna stod.
Jägarfolket? De sägner hon hört om de tidigare var annorlunda
här och att de drivits av ondska och girighet. Hon kunde även
känna en viss avund till dem som hade sina rötter i Lyndia, för
nu var hon äntligen hemma.

*

San tittade ner längs den vita muren och kramade fingrarna så att
det nästan knakade i dem, han sneglade sedan försiktigt på Frid
och sedan på Volde som stod ut mot ena murstenen och rakt
nedanför honom började det virvla i gräset. San sänkte sig lite
neråt och vilade mot stenen så att han tittade bakom Volde längs
muren där alvskyttarna stod beredda och tittade kallt mot skaran
långt bortom skogen. Det hade börjat blåsa varmt mot dem och
Frid tittade på San och fäste sedan den gråa blicken mot skogen.
Hennes andetag var djupa och sorglösa som om någonting
spratt i henne och ville ut igen. San lugnade snart ner sig och
undrade lite smått vad de skulle göra härnäst. De var fångna inne
i en stad på andra sidan viken och där talade de andra språk och
lämnade oftast meningarna tysta och smygande med en barsk

efterklang. San hade inget problem med det alviska språket och
de talade en viss gemensam dialekt med San och dem. Han
undrade lite om han inte hade hamnat i en fristad ifrån det
vardagliga och alverna var inte som dem. Men eftersom han ofta
tänkte sig en sorts magnifik bild av sig själv som arbetande
värdshusvärd så kunde han inte heller låta sig förundras över de
sällsamma drag som vuxit i Sans armar. Det djuriska ville ut och
han

ville visa den starka valör som höll honom upprätt. San hade
blivit en jägare på mycket kort tid och hade det inte handlat om
Volde hade han nog inte följt med. Ingenting var så viktigt som
San's vänner och de vänner han hade var inte uppstudsiga även
om de var riktigt svåra. De hade blivit svåra på mycket kort tid
och San kände en viss retsam stress genom att bara prata om
saker. Sirowan såg och hörde allt. San behärskade sig till den
milda grad att han verkligen fann sig stirrandes mot avlägsna ljus
som inte existerade. Han nästan talade med ljusen och de glimtar
som sköljde över honom bekräftade honom som en mycket
envis och enträgen person när det kom till att urskilja tal som
inte var menade som skämt. Volde var tvärt emot och rent av
öppen och väldigt villig att dela med sig av sina konster
samtidigt som han höll tyst om magin som han behärskade. Att
bli så duktig på så kort tid var någonting som han endast visade
ren glädje i och inte samma gamla Volde som gav kraft i
konsterna och delade ut blommor. Vart var de och vad hade
Alverna i sina städer som övertalade dem så snabbt? Det tog
möjligen veckor att leta sig igenom hela Alderna ner till
Dvärgsala. Det tog inte längre tid för San att avsluta sitt jobb där
hemma. Volde hade kanske inte svårt att förstå saker som San
hade. Frid hade kanske ännu lättare att följa sina instinkter likt
en katt som hon var. Frid hade haft många olika saker att säga
men det hade verkligen kommit ut på fel sätt. San tvekade inte
att fördjupa sig i tankarna och slutligen skulle även han sluta
tänka. Bara tanken på vad den onde hade sänt, gjorde honom
svag för situationen. San var inte rädd bara aningen avskräckt.

Allt var nytt och han hade inte kunnat förstå den pirriga känslan som kröp under huden. Det måste ha varit inbillning. Denna Deawon var verkligen någonting att stanna upp om de kunde. San tittade mot massorna som tycktes växa allt snabbare och snabbare. Han kunde nästan känna dem skrapa och riva i jorden med sina benknotor och spruckna hud. San kände en verklighetsfrämmande känsla vira in sig under

huden och han kände dess närvaro ge honom kalla rysningar. Någonting kallade ut i luften och det upp till honom och överrösta dem. Han tittade till på Volde som hastigt höjde staven. Volde kastade ifrån sig ett flämtande skrik, - De rycker allt närmre! Sade Volde och vinkade till sig alvkaptenen. Alvkaptenen nickade och bågskyttarna gjorde sig beredda en efter en. San greppade om sitt svärd och Frid höjde spjutet hon dolde för San. San fattade att de var tvungna att komma ner på något sätt. Han hade inte slagits mot odöda förut och han var inte den första att känna sig orolig. Volde höjde staven igen och Sadin kom fram till honom tyst. Han fick Volde att sänka staven. – Lyssna på mig nu Volde, de har ingen anledning att gå hela vägen fram så spara på krafterna. Alvernas pilar kan stoppa dem mycket lättare om vi tar en paus. Sade Sadin och de magiker som fanns följde efter Sadin nerför trapporna. Volde hade vänt sig om när Sadin gick genom dem. – Jaha sade Volde trött och följde efter dem. San och Frid gjorde detsamma och Frid tittade på San samtidigt som hon verkade vilja stanna kvar. De gick efter Sadin in till det tält som drottningen använde och där ställde sig alla magiker runt det bord som hade förberetts med kartor och figurer. San tittade på Sadin som plötsligt flyttade en figur närmare en annan. Suruwan kom fram till bordet och tittade. - Ja vi kan alltid börja anfallet för stoppa dem tidigare. Sade Suruwan och lade fram en sten till. – Den här får vara magiker och jag placerar er först uppe på muren. Sade Suruwan. – Mitt kavalleri slår till mot dem så snart vi kan. Sade Suruwan och tittade på Sarosus. – Att skicka ut spejare och magiker var någonting vi redan försökt med. Sade Sarosus och

lade sin hand på Sadins axel där hon kom fram ur sin
avgränsande privata boning bakom Sadin. – Bra talat Sarosus, vi
kan inte göra mycket just nu utan vi måste tillbaka upp och
skydda bågskyttarna men de har börjat röra på sig nu. Sade Sadin
och lade fram en liten sten på muren. – Vi går upp dit om en
stund, vi måste alla återhämta våra tankar och börja planera.
Sade Sadin och tittade på Volde. – Jag kanske kan bromsa dem.
Sade Volde och höll fram staven med sitt slingriga trä. San
nästan skrattade till men kunde inte förmå sig att skratta. De
hade inte mött någon här förut och allt hade gått väldigt snabbt.
Frid gick fram till Volde och klappade honom tyst på axeln. - Vi
vet att det är du som verkligen har starka krafter. Men vi måste
klara oss ur det här också. Jag vill inget annat än upp på muren
igen så håll mig borta därifrån och låt Sadin ta tag i den värsta
biten först. Sade Frid och Sadin och de andra magikerna nickade
bestämt efter att Volde tittat på dem en efter en. – Det finns
mycket kvar att lära. Sade Sadin och lät fingrarna lägga ner
figurerna en efter en. – Kavalleriet kommer att göra ett försök
nu först för att se vad de är för något. Sirowan är inte långt
härifrån då staven är här. Sade Sadin och vinkade fram Tagul
och Drewin. – Ni tre stannar och hämtar krafterna med de tre
ungdomarna och Sarosus. Sade Sadin och vände om och gick ut
ur tältet. San gick ut efter Volde men hann ifatt honom vid
utgången, de andra tittade tyst på Volde och sedan på San som
vände snett av vid torget mittemot muren. De tittade efterlängtat
upp mot muren men Frid avbröt San och körde ner händerna
om sidorna. - Vi går in igen och löser detta nu San. Sade Frid
och Volde vände först av de tre in i tältet. San kom lite efter de
andra men stoppade sin pipa. - Jag förstår att det här Volde är
ett sätt att kontrollera oss ännu mer! Volde tittade ut ur tältet –
Nej San det är ett sätt att verkligen ge oss tid vi behöver, nu äter
vi kvällsransonen av den alviska maten, man vet trots allt inte
hur lång tid vi blir kvar San. Sade Volde och San tittade på
Volde och Frid. - Jag vet att vi inte blir kvar här, jag känner det
djupt inne i mina sinnen. Sade San och lade handen under hakan

på sig. Det var högerarmen och den starkaste delen av hakan. –
Jag tror att vi Volde har gett oss in i någonting vi inte förstår.
Sade San och Volde stirrade tyst upp mot himlen. – Vi får se
San. Sade Volde och gick in. Det var inte förrns då San riktigt
insåg att de var instängda. Instängda i vad som var alvernas
huvudstad. Alvernas huvudstad. San återgick i tankarna kring det
som format alvernas rike och tillslut så förstod han envetet att
Volde hade gjort som han hade blivit tillsagd. Det var då San
insåg att Volde gjorde som han alltid gjort och att han tröstlöst
klamrade sig fast vid den tanken att alltid finnas till hands men
var aldrig otillräcklig. Det var bara för mycket. Hade de inte gått
med på att resa över havet så hade han nog gett Volde en
utskällning. San titta ut över buskagen som piskade i vinden.
Hans hår fladdrade och han kände sig spänd och smärt och trots
allt hade han en längtan efter mer arbete. San hörde Frid prata
därinne med någon och de visste nog inte hur länge de skulle bli
kvar under belägring. San borrade in blicken i marken och såg
till sin förvåning en glittrig sand som han aldrig sett förut. Den
var säkert där kvar sedan tidig bebyggelse. Det var en sorts sten
som användes av de som brukade landet innan alverna. Han
kunde inte föreställa sig små taniga fötter rusa förbi nästan
skutta över den. Staden var i stort sett orörd och endast nya
byggnader och ornament skiljde sig ifrån övriga låga byggnader
som vita sträckte sig i märkliga runda gator. San kliade sig bak i
nacken och gick in i tältet efter de andra. Sarosus tittade på San
tvekande och sedan på Volde. – Här kommer San och jag tror
att han återbördat sitt sätt att verkligen lyckas dra på sig rätt
utrustning för belägring och inte annat. Sade Sarosus och letade
efter ett sätt att bemöta eventuell kritik på ett sätt endast stads
alver gör. San förstod först inte vad det hela handlade om utan
tittade tyst och tveksamt på Frid, Frid som verkligen lyckats
dölja sina instinkter kliade sin rygg mot ena stolpen som satt i
marken. Den såg inte ut att brista eller rasa, tänkte San. Volde
såg trött ut och hans ögon var livlösa och mystiska inte som den
Volde han kände. Det hade inte ens tagit sin början, tänkte San.

Volde förblev ett mysterium och någonting hade skett med dem
de senaste dagarna och San var inte riktigt säker på vad det var
utan blundade tyst. Det hade gått för hårt fram och plötsligt
svepte en bild framför ögonen på honom och ett massivt slott
uppenbarade sig inbyggd i en klippa. San insåg snart att det
måste vara en minnesbild av ett slott som han hade hört talas
om i seglar-berättelser. San tänkte nästan högt när en till
minnesbild uppenbarade sig och flera båtar seglade med svarta
och illröda segel. "jaha" tänkte San "piratskeppen". San kliade
sig och knuffade Frid lätt i sidan så att hon nästan föll av
trästolpen. San kliade sig sedan på armen och tittade
förväntansfullt på Sarosus.

*

Deawon stirrade tyst mot staden som bredde ut sina långa murar
och lila fanor längs de vita tornen. Han var lite uttröttad av det
motstånd han och hans nekromantiker stött på men de torra
benen under den silvriga huden retade de svarta fläckarna som
uppenbarade sig av kraften. Kraften var så ren att han verkligen
fick spjäla emot med sin kropp. Han behövde färskt blod att
fylla strupen med och så snart han insupit själar kunde han ladda
sin energi till att stödja den mörka sidan. Den ljusa sidan hade
flera magiker som slog mot hans uppbyggda skärmar av ren
energi som välvde över honom. Deawon såg till att ovädret
tätnade allt mer så att regnet började falla ner över staden. Det
hade blivit mörkt och några hundra meter bakom honom
marscherade tusentals odöda med självlysande ögon. Deawon lät
sin stav krama till ovädret och det blixtrade till mellan
ljungeldarna som med sin illröda orange färg lysande blålila föll
över staden. Hans krafter växte och hans styrka besvarades hela
tiden av enorma eldklot som plöjde runt i leden. Deawon hörde
belägringstornen bakom sig och de hade byggts med hans magi
och ifrån hängde dödskallar och kedjor rostiga ur kärren och ur
den djupa jorden som beskrev hans odöda magi. Deawon kände

makten och odjuret växa inom honom och alverna var inte långt
ifrån att få panik. Pilarna regnade mot Deawon och studsade av
skärmarna. Någonstans kände han en hopplöshet växa uppe på
tornen längs muren. Han signalerade till ett anfall och sänkte
staven mot staden. Ett djupt skallrande vrål ekade ifrån de
knarrande leden och allt pågick likt en dans över fältet. Djupa
vrål som för dödliga verkade som avgrunds skrin, satte skräck i
bågskyttarna samtidigt som magikerna fortsatte slunga sina
eldklot. Tusentals odöda skelett och lik vandrade och sprang
bakom stegar och torn, skräckfyllt mot staden.

*

10
Striden

Volde Callahan satt tyst framför Frid som satt bredvid ett bord
hukad mot en stol. San stod vid utgången i tältet och studerade
de sista minuterna av solljus. Det hade kommit sig att Volde
gång på gång vägt sitt magiska föremål i handen och studerat
staven. Den viskade till honom och han uppfattade den som
tyngande och givetvis längre desto längre han kramade den.
Volde mindes berättelser om Deawon och hur han snärjde
människor och döda runt omkring sig. Han till och med fick
maten att surna om man nämnde hans namn och om inte
mjölken redan hade surnat och larverna letat sig runt
mjölsäckarna var de på väg. Vinden visslade underligt medan
Alverna pilade förbi ute på torget. Han hade inte hunnit andas ut
och om han inte hade fått syn på Deawon långt där borta och
försvagat hans skärmar hade de redan varit där. Nekromantikern
Deawon var bland de brutalaste varelser och odjur man kunde
tänka sig hota världen. Allt hade gått relativt fort och Volde
balanserade tankarna runt händelseförloppen. Han mindes att
Deawon en gång blivit besegrad och instängd i en grotta. Denna
grotta skulle vara så noga balanserad att Deawon kramade ur sig

all energi. Den var förstås även magisk och hade gjort honom
förlamad tills han bragdes om livet och innestängd av flera
dörrar av galler och magiska eldar. Eldarna hade sedan länge
slocknat och Deawon hade blivit starkare än de frivilliga
vakterna som stod där hundratals år efter hundratals år. Han
mindes dessvärre inte namnet på de styrkor som tog sig an
uppdrag utanför det magiska trädet som höll cirklarna vid liv
utanför all annan uppståndelse. Bergamin hade satt spår i olika
sorters farvatten där pirater tycktes härja och tidigare hade Volde
känt den sortens trots att han modigt nog irrade sig fram till
bästa jonglör eller segel-makare, nu trotsade han allt som rörde
sig utanför han blick. Ja, det var staven och naturligtvis kunde
den stänga inne honom i ett tillstånd. Volde blinkade inte hans
tankar for tillbaka till Bergamin. Han skulle ha ångrat det han
gjorde om han inte hela tiden hade varit under uppsikt. Volde
var en person som hela tiden klamrade sig fast vid sina trix och
genvägar till att balansera magin. Nu var han helt mållös. Volde
kanske anade till sig rörelse och han kände sig över den runda
pannan som dröp av svett, kanske det var tid nog att ta upp det
med Frid, men samtidigt som han skulle säga någonting till
henne att "de var nog nära nu" Började tempelklockorna att
ringa. -Snabbt nu, Volde vi måste till andra sidan muren. Sade
Sarosus med en eldig ton. – Andra sidan muren? Frågade San
som tittade på dem vid ingången. – Ja vi måste springa till
porten.
Detta är bara en manöver ifrån deras sida. Sade
Sarosus och slängde kappan över huvudet så att de spetsiga
öronen stack upp under. -Visst snabba på! Sade Volde och reste
sig upp och hjälpte upp Frid, som sömnigt reste sig upp. San tog
sig inte tid utan rusade ut just när ett eldklot slog ner i huset
mittemot. Han skrek till och insåg att han hajat till i luften. Han
slungades bakåt rakt i armarna på Volde och Frid. – Snabbt nu!
Skrek San som insåg att han för första gången blivit rädd.
Drewin, Althar, Cobal, Xander, Liurn och Holz. Mötte dem iklädda
sina kåpor mitt ute på torget. De nickade samtidigt som de i

trädet brukade göra och cirklarna bestod av dessa rektorer.
Volde kom avsides med Drewin och Frid var dem hack i häl. -
Antar att det bara är att springa. Sade Volde och tittade åt sidan.
– De är nästan tredubbelt så många nu som tidigare idag.! sade
Drewin och höll i sin stav i båda händerna mitt framför sig
medan han sprang. Frid tittade åt Drewin och sprang jämsides
de flåsade alla tre som om de tyngts ned av någonting. Men värst
var det nog för San. De kom efter ett tag in på en känd gata och
folk irrade runt bland vakter och soldater. Sarosus var snart före
dem i täten och Volde kunde endast urskilja manteln. Det
haglade och regnade några buskar rullade förbi när de slutligen
nådde porten. Där väntade flera tusen soldater på att ge sig ut.
Mitt i larmet såg Volde, Sarosus igen och de gick fram till henne
alla nio. – Nu kan ni ta beslag på muren. Sade Sarosus och
vinkade upp några mannar dit och Volde och de resterande 8
följde med upp. San hade kommit lite omtöcknat efter och var
snart uppe där. Det hade gått snabbt för dem alla och snart
regnade det ner eldklot över husen och gatorna. Man hörde ljud
ifrån andra sidan muren och pilar svepte i massor mot de
ankommande skarorna. Den härden
var inte lätt att handskas med men Sarosus steg upp på sin häst
och lät portarna öppnas. De red i väg med skarorna som
väntade alldeles vid porten. ”nu” tänkte Volde var det i alla fall
färdigt med dem. Han höjde staven och kastade iväg en
skyddande barriär över dem. precis som Sadin lärt honom om än
på lite avstånd. Volde trodde inte att någon av dem riktigt litade
på honom med han skulle göra sitt allra yttersta. – Vi vet att det
här är tillräckligt, nu måste vi skydda porten på ett liknande sätt,
Volde håll med om att energi är lätt att skapa, men det vi ska
göra nu är för komplicerat för dig. Det är andlig magi inblandat!
Sade Drewin och vinkade till sig både Volde och Xander. Frid
nickade belåtet åt dem, det hade hon väntat på och hon kunde
känna magin spira i henne när Drewin tog första steget med
kraften. – Acrazar! Al-el- hu-deminem! Röt Drewin och
magikerna exakt samtidigt och muren och porten sken upp vit

och alldeles spirande av eldflugor och magiska ting. Cobal höjde
staven ytterligare där de stod på avsatsen till stentrappan. Ett
ljussken sänkte sig över fältet och lös upp regnet av pilar och
horder av o-döda. - Vi måste skynda oss nu efter Sarosus. Sade
Cobal och började sakta gå nerför trapporna in i skaran av
springande soldater. – Påminn mig inte om att Cobal gör som
han vill! Sade Sadin och de följde efter den skäggiga mannen.
Frid hade fått ett lyft och hon nästan tjöt av glädje. San kände
sig upprymd men var förfarande skakig och kunde inte ha anat
sig till detta. De nio skuggorna gungade in bland soldater och
formationer, det var nu det gällde tänkte Volde och nu kände
han en sorts oro för Frid och San. Kanske inte lika mycket för
San. Efter ett tag hördes avgrundsvrålen och det skar igenom
alver och soldater. Volde hamnade i mitten av en trupp pikar
och de sprang i Alvisk hastighet som var nästan dubbelt så
snabbt som han. De var tysta och stela fast samtidigt ganska så
smidiga som endast alver lyckas med. Volde kom avsides tillslut
och förstod att han befann sig mitt på fältet. De andra hade
kommit på sina egna spår och Volde tänkte snabbt och höjde
staven. Det blixtrade till i den och den kände hungrigt Deawon`s
armar sakta suga sig fast runt den. Volde hörde plötsligt
horderna av odöda snabbt omringa honom och röda ilsket
skrattande ögon jagade honom med dragna vapen. Det blixtrade
till i Voldes blått lysande ögon med energi. Han svepte staven i
en halvcirkel i brösthöjd på dessa och kastade omkull dem med
enorm kraft samtidigt som förruttnelsen steg högt och letade sig
in överallt i honom. Volde blev chockad av det. Han märkte en
sorts inre kamp mellan Sirowan och honom samtidigt som han
kastade eld mot flera anstormande o-döda. Volde greppade hårt
om staven och kastade eld rakt in i gapet på ytterligare en. Volde
avslutade med en skyddande skärm runt sig själv. Den lös
ljusblått och tunt och vitt. Kaskader av pilar regnade snart över
honom och han blockade som en novis och lät marken mullra
under honom så att de ruttnande o-döda föll ihop i högar.
Deawon syntes inte till eller ens hans nekromantiker. Volde

svepte energi rakt in i massorna och började gå framåt mot de
anstormande. Volde svepte med staven och kastade en
besvärjelse så att de föll ihop samtidigt som han marscherade
rakt in till nekromantikerna som röt och skrek spöklikt samtidigt
som ett avgrundsvrål skar igenom massorna. Volde hade ingen
chans att hålla räkningen utan kastade omkull dem villkorslöst
med strimmor av energi. Det blixtrade mellan de mänskligare
nekromantikerna och Volde lät en blixt dansa in mellan dem där
de stod mitt i massorna svartklädda och stenhårda. Efter en
stund kom det allt fler och fler o-döda svingandes med sina
svärd och pikar. En sorts magi rann igenom Voldes händer och
han föll nästan tillbaka i chock. Hans tankar virrade runt bland
Bergamin och Duel. Inte en tanke föll på slagfältet bara hinder
så att han kunde låsa fast energi i det. Volde suckade plötsligt till.
Han hade nått de andra och rusade snabbt fram till San som
svingade sitt svärd mot flera o-döda och skar igenom lemmar
och ben. San´s ögon var hungriga likt hos en veteran som Volde
sett många gånger vid Bergamins krogar. Volde antog att det
verkligen var San så han kastade en sköld runt honom. Energin
spirade mellan volde och staven. San nickade förvånat till och
vände plötsligt mot ytterligare en. San svepte igenom luften och
föll nästan mot en av de anstormande o-döda, som med sina
häftigt avdomnande armar och gestalter slungades mot
vännerna. Volde höjde staven och slungade iväg ett eldklot som
han lyckats mana fram ur skuggorna som hemsökte staven. Det
ljöd till och sprakade underligt under mossan vid skogsbrynet
alldeles intill. Den lilla dungen var snart överfylld av röd
glödande ögon och man kunde nästan känna ondskan svepa in
över nejden. Muren bakom dem var snart överfylld med
bågskyttar som sköt vilt omkring sig, illa grinande och hårt
sammanbitna. Volde nickade till och lät en barriär av eld resa sig
i mitten av de anstormande. - Sådär. Sade san och lät svärdet
dansa i hans händer. - Jag vet inte vad vi ska ta oss till, de bara
dök upp. Sade San och *tittade på Volde som såg helt likblek ut.*
Volde nickade åter igen mot San och körde ner staven i marken.

-Det är nog dags för oss att gå tillbaka. Den här eldstormen kommer att locka in dem i skogarna runt porten. Sade Volde och kastade sig över ett dike. - Ja jag vet. Svarade San och lät underligt bekommen av det hela.

*

Frid stod längs murkanten och tittade mot den resande barriären när hon fick syn på Volde. Anta att han såg ut som nekromantikerna han hade skrämt iväg och det oroade Frid en aning. - Volde här! Utbrast hon och lät en aning hårdför. Hon letade upp dem och samtidigt som hennes tankar var någon helt annan stans och hon insåg det nu mer nu när de splittrats. Volde gick fram till henne och klappade henne på ena axeln. - Det verkar som om vi får ta oss tillbaka Frid. För den här gången. Sade Volde och nickade uppenbart igen. *Visst!* Tänkte Frid och tänkte endast på att få lägga sig till ro ett tag. San gick förbi henne och stoppade sin pipa med alvisk tobak. - Vi möts däruppe igen om ett tag. Sade San och fortsatte längs den lilla vägen som gick längs muren. Hur hon visste att han hade turen med sig kunde hon inte förklara. Hennes tankar var spridda som vinden och hon såg någonting i Sans ögon som hon inte kunde förklara i eldskenet. Det var någonting med dem tre som förde alla samman och det var hon säker på. Frid fortsatte efter Volde som nästan haltade fram med staven i grova steg framåt. Frid strök sig över läpparna och ville bita sig i fingret. Till slut så kom även Frid fram till porten och undrade litet vaksamt vart de andra tagit vägen. Plötsligt insåg hon att det var ett slagfält och soldaterna blivit motade tillbaka in igen. *Märkligt* Tänkte Frid och smet igenom porten in bakom muren. Volde hade nästan fallit ihop och satt hängandes över sina knän när Frid kom fram till honom vid trappan upp mot muren. - Vi vilar här! Sade Volde och skrattade ett hest skratt Frid inte hört förut. Han hade varit tapper hela dagen och hela natten. Otroligt nog kunde han inte finna sig i det som vanligt. Dessutom var han likblek och kraftlös och en märklig lyster hade tagit över hans ögon. - Det är nekromantikernas gift...den mörka ondska som äter på

~ 133 ~

mig. Svarade Volde och tittade på Sans pipa. - måste sova nu. Sade Volde och reste sig upp och vacklade iväg mot en armebyggnad intill. Natten var kulen och det regnade lite. Frid kände sig igenom frusen men samtidigt befriad som om hon skulle ha gått runt utan kläder. San såg ut att vara helt uppvärmd och han spände sina muskler som om han verkligen kunde fortsätta. Hela tiden passerades de av återvändande soldater och staden var öde som om allt liv smitit ut. Frid fortsatte efter Volde in under den låga byggnaden med sina kraftiga bjälkar vid ingången. Där inne låg redan Volde i en bädd och frid smög fram till honom. Hon sträckte fram armen och kände på hans panna. -Han är kokhet! Sade Frid och tittade på San- San hämta den lärde kvinnan vid tältet, nu San!! sade Frid och motade iväg San med sina vackra armar och perfekta tillvägagångssätt. San försvann iväg och Frid letade reda på en hink med dricksvatten. Rev av ärmen och körde ner biten i hinken. Hon hukade sig ner bredvid Volde. Frid började badda över Voldes panna och medans Volde låg helt stilla och skakade slet hon tag i en filt ifrån en bänk och lade över honom. Det dröjde inte länge innan San kom tillbaka med den lärde kvinnan och några pigor. - Jag ser att han är på gränsen till att ta skada. Sade kvinnan och hukade sig precis som Frid bredvid honom. - Han är mycket sjuk...han måste härifrån...om han överlever! Sade den lärde kvinnan och packade på honom filtar. - vad är det med honom? Frågade San och tittade på Frid som stirrade trött tillbaka med huvudet på sne. - Det är ondskan... den har satt sig i honom han måste tillbaka hem! Sade den lärda kvinnan. - Jag vet en medicus vid namn Faci i Bergamin. Sade kvinnan och gjorde en bår. - Jag vet en båt som tar er dit. Svarade hon straxt efter. - Bergamin? Sade San – Ja det kallas för den ondes grepp. Det betyder att Volde av misstag dödat en nekromantiker med kraft nog att skaka sönder jordskorpan. Det måste ha varit den onde själv! Sade den lärde kvinnan. - Jag heter Fyn. Det är ett Alviskt namn så kom ihåg att säga det till läkaren. Han är lite egen av sig Faci. Sade Fyn och vinkade till sig en piga och en häst. - Jag berättar för resten av

magikerna att ni gett er av hemåt. Sade Fyn och svepte med
handen. - ta det här det stillar febern. Sade Fyn och gav Frid en
läder-pung med någonting i. San tog tag i tyglarna på hästen och
ledde det vitfläckiga stoet nerför kullerstenarna. - Vi måste med
båten sade Frid och tittade på Volde som låg och kved bakom
dem. - men kan vi lita på kvinnan? Frågade San samtidigt som
han tittade bakåt mot huset. - Vi måste San vi måste! Hela resan
är vansinnig! Sade Frid och tittade på Volde som tystnat som om
han hade spindelnät över hela ansiktet. De kom fram framåt
gryningen och hela tiden hade Frid vakat över Volde. - Stackars
Volde. Sade Frid tyst och hennes ögon var tysta och tunga men
förmådde nätt och jämt titta på den alviska båten. - Vi är
framme om några timmar! Sade San medan han klev på båten. -
Jag är orolig för hur det går nu! Sade Frid och sneglade koögt på
San. - Jag med Frid jag med!

*

Faci tittade tyst på den långa muren medan fåglarna pickade av
burarna som hängts upp för straff fångar. Han gned sitt skäggiga
ansikte med ena handen och kliade sig i örat med samma hand.
De isblå ögonen tyckte något synd om fångarna som suttit där
och han var den som pratade med dem och undersökte dem och
bestämde om de lidit nog. Vissa hade gjort det mer än nog andra
inte och några fick inte ens han röra. Hans spetsiga näsa sken i
månljuset medan han vände sig om in i rummet ovanför den
stora borggården. Det tystnade snart och han hade blivit
gammal. Han kunde läkarkonster och alkemi precis som magi
och åldrade texter. Buldeswal hade gett honom husarrest som
om det var någonting oväntat ifrån Buldeswal. Faci kliade sig i
det långa håret och satte sig i sängen. Han skulle snart släppas ut
det visste han. Men Buldeswal hade någonting i görningen. Faci
somnade snabbt den natten och utan att tänka långt alls.

*

Deawon vandrade tyst mellan husen i den lilla staden Alderna
Han tittade förnöjt på de skadade som låg längs rännorna
innanför murarna. Han gick tyst förbi likt en skugga. Han hade
antagit en form av en tiggarpojke och var det inte för hans sätt
att röra sig som skrämde några av vakterna så var det stanken
ifrån alla hus. Deawon började gå ner mot hamnen efter den
brände. Den "brände" var den han hade kastat förbannelsen
över och när han fick tag i honom skulle han sluka hela hans
kropp. Precis som tiggarpojkens. Han skrattade tyst för sig själv
när han kastade sig över ett staket mot vägen mot hamnen. - De
blir svagare sade han tyst och stannade upp. Hans ögon började
glöda som om han slukat tag i den klena Buldeswal med sina
klor. Ett – Ja h-herre s-ka ske herre! Hördes ifrån den slingan av
mörk magi som omgav Deawon. Den unge Volde stred för sin
själ och Deawon hade tagit sig förbi muren på samma sätt som
på de gamla dagarnas tid. Nu skulle han resa sig *"igen!"*

*

San Lum lät pigorna följa med och hjälpa Volde under resan och
dessutom såg de riktigt bra ut ljushåriga och sammanbitna. De
hette Lin och Siw. San lät dem hållas inne i kabyssen med Frid.
Det var inte mycket San kunde göra förutom att bära vatten.
Det var någonting han redan var van vid. Efter ett tag hade
båten kommit ut på havet och vågorna var längre och kraftigare.
Frid hade somnat så San fortsatte hjälpa Volde med en handfull
vatten ur en flaska. Det krävdes inte mycket mer än så för att
hjälpa den alltjämt jämrande Volde ur feberdrömmarna. Båten
gungade långt in på morgonen och solens strålar fick San att
lägga sig i kojen mitt emot San för att sova. Han började snart
drömma om vilda fält med mystiska gestalter runt omkring
honom. Dessa viskade i kör hela tiden och han befann sig snart
inne bland hus med vattenbärande personer. De hälsade på
honom och han kunde nästan urskilja deras ansikten. Troligtvis
kände de igen San som "San" den han inte kände igen själv. Det

var avlägsna blodiga drömmar och han vaknade med skratten i halsen av galenskap. San slog upp ögonen och stirrade på spjuten som riktades mot honom och Volde. - Bär in den sjuke till medikus. Resten ska till fängelsehålorna, de har husarrest. Sade En flinande skäggig man med vänligt ansiktsuttryck. San försökte resa på sig och greppa tag i spjutet, men fick en smäll av baksidan så han svimmade av och allting svartnade. San kände blodsmaken i munnen, samtidigt som han kände kylan ifrån golvet han låg på. Hur ojämnheterna skavde in i honom. Han tittade upp och såg ett svart rum. Vad hade nyss hänt? Vart hade de fört Frid och Volde? San kröp ihop och tog sig för huvudet. Han skrattade skrattet han hade haft i drömmen tidigare. - Bara säkerhetskontroll! Unge-man... sade en röst ifrån andra sidan dörren. - Ni är ute innan sanden hunnit rinna ner efter en timme! Sade mannen bakom dörren. - Eller har ni någonting att förtulla? - Ja och nej vi är på uppdrag för trädet! ..Ett ytterst hemligt sådant. Sade San med besvärad röst. - Jaha då släpper vi ut dig! Sade mannen och öppnade luckan och tittade in. - Ni ser inte ut som magiker...fast bara en och han är inte här. Han är hos medicus. Som själv har husarrest eller gått i exil! sade mannen — Jag heter Type. Sade den skäggiga runda mannen. - Jag jobbar inte för Buldeswal, snarare tvärt om! Sade han och öppnade dörren- BBuldeswal? Stammade San fram. - Ja för mig inte till honom! Sade San tätt efter igen och tog sig för bulan på huvudet. - Nej inte Buldeswal tack och lov. Han har vänt upp och ner på staden bara inatt! sade Type och började sträcka på sig samtidigt som han lutade sig mot ett bord i den långa salen där alla fångar var. Fängelsehålorna var fulla av jämrande personer som klagade högt. - Medikus har inte varit här på flera veckor! Sade Type och borrade in sina ögon i golvet. - Buldeswal har sett till det. Sade Type och visade utgången för San. - Härifrån får du ta dig ut själv. Sade Type och pekade på en trädörr i gammal ek längst bort i korridoren. - Det är inte många som får se den. Det är dödens väg. I alla fall kallas den så! Sade Type. - Tack Type vi ses! -Hoppas det unge man! Men

hoppas att du slipper! *Så häxjägaren är här?* San gick stapplande
fram genom korridoren längs kröken ifrån fängelsehålan. Han
hade blodsmak i munnen men fortsatte uppför trappan till
ekdörren. Så snart han kommit igenom den sträckte sig en
borggård med burar fram. San fortsatte vacklande fram till
porten ut. När det slog honom, *Frid och Volde!* San hann inte
tänka klart innan en man kom fram till honom. - Vi hjälper dig
tillbaka till båten. Sade mannen och klappade San på axeln –
medikus och dina vänner väntar på dig där! San nickade förvånat
men följde efter mannen i tio eller tjugo minuter fram till båten.
Nu slog det honom det var en sjöman. San hade hängt med men
nu stod det verkligen still. Ombord på båten väntade Frid och
en gråhårig man med de båda pigorna och besättningen. - Lägg
dig ner en stund San du ser vimmelkantig ut. - Ja hjärnskakning
utan tvekan. Sade medikus - Jag heter Faci jag är vis nog att
lämna Buldeswal efter mig så vi måste tillbaka till Alderna! Sade
Faci och hjälpte San till sängen. De instämde. Ljuset föll över
kabyssen och Faci arbetade hela natten vid Voldes sida.
Händerna dansade över hans kropp i lugn och ro. Volde vred sig
några gånger och gav ifrån sig några avgrundsvrål. Som om hans
kropp hamnat i besittning av någonting länge förgånget själlöst
och hungrande. Faci blev mån om det och lade till några
handdukar av finare slag med broderier över hans ögon. Svetten
lackade på Volde och innan ordet var sagt så hade Faci lugnat
ner besten. Det var sedan San´s tur och han fick något
huvudvärken. Allt hade skett så snabbt och resan var redan inne
på sin sista bit, det var San säker på. Frid kom tillbaka in med
dryck och mat till dem och det var bara Volde som inte lyckades
äta. San befann si i ett tillstånd då han verkligen behövde hjälp
mot sina inre demoner precis som Volde.

11

Ingen skyr elden

Volde Callahan vred sig och vred sig, dag och natt som om han
vandrat in i skuggdalen bland de döda. Ja det var dit man kom

om man befann sig i dimman mellan liv och död. Han hade vaknat upp i en värld fullt omgiven av skuggor och viskande personer, hungrigt letande avspeglingar av sig själv som talade osammanhängande till honom. Volde nickade bara och kämpade vidare. Först hade drömmen fört honom till en värld där ögonen ifrån något som han var säker på var en demon dansade över natthimlen. Skrattade sitt torra skratt och missledde Volde helt på villovägar. Så snart han kommit fram till den punkt där skuggorna formade minnen var han nästan helt fast. Det var demoniska drömmar som kastade honom fram och tillbaka mellan han medvetande skrik. För han tycktes i drömmarna höra röster som talade till honom även fast han klamrade sig fast vid medvetande. Han trodde i alla fall att det var ett medvetande som höll honom vid liv. Ibland slog han upp ögonen och såg rummet i dimmor sedan tog drömmarna över. Han befann sig tillslut på en slätt där han mötte en svartklädd varelse. Denna kastade sig mot honom och rev honom i sidan. Han vaknade igen och såg samma rum i dimmor men kunde inte urskilja någon alls. Volde vred sig upp och reste sig och öppnade dörren. Han såg eld överallt och inte nog med det så kände han röklukten ifrån husen. - Alderna! Sade en röst till honom. Det var ingen han kände igen. - Jag heter Faci! Jag kommer att vara din medikus! sade Faci och hjälpte Volde tillbaka in. - Men du måste äta nu och dricka ..ja ganska mycket så att du återfår synen. Sade Faci och gav Volde en bägare med vatten. - Vila nu. Imorgon måste vi hitta era vänner! Volde satt sammansjunken i ena britsen när han slutligen ätit och druckit. Han var så glad att han vaknat även fast allt blivit suddigt osammanhängande. Elden var en chock för Volde och han hade lärt sig att ingen skyr elden bara när den är hungrig. Han hade en otrolig respekt för elementet och så att han brukade den varsamt men det var oftare och oftare någonting han fick känna vid. Nej ingen skyr elden som Volde och han hade nästan sprängt ett rum en gång. En annan gång hade han åkallat åska så att den dansade runt i rummet när han vaknade. Nu lärde han sig att kontrollera sina känslor och det med måtta. Kabyssen var full av märkliga dofter och oljor och det var som om en hinna låg för hans ögon och lurade. Dofterna steg medan ljusen kastade märkliga skuggor på väggarna. Hans enda tanke var röken och Alderna. Deawon måste ha tagit sig förbi vakterna och in i staden. Båten låg till ankar straxt utanför hamnen med seglen nerfirade. Volde skakade på huvudet det var som om en befrielse kommit över honom och stärkt hans sinne för humor. Samtidigt kunde han känna gestalterna tala till honom och oavbrutet skratta och håna honom. Det måste ha varit demonernas sanna former om de nu inte ljög till honom. Nekromantikerna måste ha kastat ytterligare en förbannelse efter medaljongen som han nu mindes. Volde kastade en skyddande skärm över båten och lade sig ner igen. Han andades tyngre och lät fingrarna vila på bröstet. En liten stund kände han kroppen som en stel pinne utan dess like. Men volde slog igen ögonen och somnade snabbt. I drömmen sprang han runt i en stad med människor som talade till honom och han tycktes se San och Frid röra sig där i fjärran som var en öken. Han visste nu att det inte var dem och troligtvis kände han sig allt mer inystad i någonting som inte hade någon förklaring alls. Volde gned sig i ansiktet och han kände på nytt någonting hända. Det hade med Frid att göra och det var inte Frid eller San som hade med det att göra. Volde vandrade mellan de åldriga gatorna och talade till människor och hälsade på alla han mötte. Tillsist såg han en vacklande tiggare som kom fram till honom. Det var en gammal man med vårtor i ansiktet och krökt höklik näsa. Den gamle mannen med vitt sprudlande hår gav honom någonting som han sedan tittade på. Det var ett guldmynt med hans sigill på. Inuti växte snabbt två brinnande ögon och han kastade det men elden fortsatte jaga honom i drömmen och han brände sig snabbt och vaknade igen. Volde visste inte vad klockan var utan vred sig som om han blivit bränd. Han kom snabbt upp på fötter igen och rusade ut ur rummet och kräktes rakt ner i havet. Faci kom fram till honom och klappade honom på axeln. Faci var skäggig och sammanbiten näsan var spetsig

och ögonen isblå. Han var tydlig när han talade och bröt på
tydlig syd Lyndisk dialekt med tunga "*f*" Det betydde att han var
adlig och egensinnig det hade Volde fått lära sig om folk ifrån
Bergamin. Volde stakade fram ett "tack!" och berättade om
drömmen han haft. Minnena hur de återkommit efter febern
och det sår som vållats honom. Faci instämde och berättade att
San hade haft en liknande dröm och hur snabbt han hade
återhämtat sig ifrån hjärnskakningen och rott iland med Frid och
resten av besättningen för att hämta hjälp. Hämtat hjälp i en stad
som behövde all hjälp den kunde få. - Ingen skyr elden hade han
sagt! Sade Faci och väntade tyst och spänt på Volde likt en
tonåring. Volde vred sig mot Faci och nickade – Vi måste se
efter vad som har hänt. Sade Volde och sneglade ilsket mot
elden. Ja det var typiskt San att säga någonting alla visste där han
kom ifrån. Volde, torkade sig om munnen med ena ärmen och
gick in i kabyssen. Han tog upp en bit bröd och stoppade i sig
den enkelt och snabbt. Det fanns en del frukt framdukat som
han genast kastade sig över. Det var som om han inte hade ätit
på väldigt länge. Tröttheten kom ifatt och han lade sig i det lilla
rummet på britsen. Det gungade och gungade, det var som om
Volde inte stött på någonting annat. Han var utmattad och
kände sig lite kall när han somnade. Det var gryning när Volde
vaknade på nytt och han kunde höra rovfåglarna segla över den
dimmiga staden. Det var inte mycket till liv som påminde om
det Alderna han hört talas om. Faci hjälpte Volde på med de
numer rena kläderna han fått med sig ifrån Bergamin. De gjorde
sig redo för att ro iland i en liten jolle som fanns vid sidan av
seglet. Volde kunde känna morgonbrisen och lukten av bränt.
Han såg numera klart med de morgontrötta ögonen medan han
rodde.

*

Frid satt tyst inne i den kungliga salen i Alderna, de hade väntat
sedan gårdagen och hjälpt skadade in i borgen. Det låg skadade
överallt och jämrade sig samtidigt som profetiorna hade slagit in.
Frid var inte säker på om hon hela tiden hade förts till en mörk

punkt i tiden där hon drömde allt märkligare och märkligare.
Natten innan hade hon drömt om gestalter som gripit henne
mitt inne i en ökenstad och släpat henne fram till råbocken. Hon
hade kedjats fast av svarta gestalter mitt framför en klagande
folksamling. Frid hade piskats och just då hade hon vaknat och
skrikit. Nu var det så att hon sett röda brinnande ögon som
skrattat hela tiden. Det var sant så när inpå de o-döda som
samlats och anfallit och försvunnit i tomma intet. Magikerna
hade gjort allt för för-hindra nederlag och man fruktade det
värsta. Det hade de missat och de hade missat att jakten på o-
döda bara hade börjat. Frid hade samlat alla ingredienser med
hjälp av San för att kunna hjälpa Volde. Men nu var de instängda
tack vare all eld och alla brinnande hus. Den glödande bråten
hade stoppat dem och det fanns inte tillräckligt med sand eller
vatten för att släcka och magikerna var som försvunna med
trupperna. Frid och San hade hjälpt de som fanns till hand och
det ryktades om att striden fortsatt långt bort ifrån närmsta hus.
Mjölken hade surnat och bröden smakade inte bröd det var nära
svält och Frid såg inget mål i sikte. San låg tyst och sov bredvid
pigorna Siw och Lin, han snarkade tyst och han var blek i
ansiktet precis som alla andra. Han hade haft hjärnskakning och
kunde knappt hålla energin och orken uppe. Frid borstade sakta
igenom det tovade håret så att allt rätade ut sig. Hon tog tag i
tvättfatet och började långsamt tvätta sig medan röken försvann
allt mer ifrån fönsterna. Frid gjorde sig i ordning och flätade
håret så att det inte skulle vara i vägen. När hon var klar satte
hon upp det och klädde på sig bakom ett skynke. Hon började
sedan arbeta med de skadade och hjälpte dem en efter en. Frid
var inte klar på långa vägar och hon lyckades lägga om förband
efter förband och dela ut det som gick att dricka. Efter att gjort
det fortsatte hon vidare in i det plundrade slottet. Hon sökte
efter skadade och de som lyckades resa på sig samtalade hon
med. De hade inte mycket att säga men några arbetsföra fanns
det till hands. Hon lyckades att organisera upp det och fick folk
att verkligen röja upp. Gamla och barn som inte var alver hjälpte

till att röja vid brunnarna så att de kunde komma åt vattnet.
Blommorna hade vissnat överallt så det var svårt att finna någon
som helst ordning på det hela. Hursomhelst Frid stod och
pratade med en av pigorna när Volde steg in lång och ståtlig.
Han såg helt frisk ut och hon kastade sig i hans armar. De
pratade alla tre om drömmar som jagade dem och tydligen hade
det samlat människor och alver runt om kring sig. - Jag vet att
Sadin och Tagul gett sig efter de o-döda men när skulle vi mötas
igen? Vi måste följa efter! Sade Volde och eftersom det verkade
vara det enda rätta gjorde de sig beredda till fots med sina vapen.
San nickade belåtet när han stoppade sin pipa. Volde var beredd
på allt det visste de alla tre och även Faci och pigorna tänkte
följa med. Några utbygdsjägare och scouter hjälpte dem att
packa och de som kunde gå delades upp i olika lag för att följa
med. Några stannade kvar vid de skadade och resten beväpnade
sig med svärd och spjut för att följa med. Volde kramade sin
stav när han steg ut ur staden med Frid och San tätt efter. Frid
tänkte mycket på det hem och de drömmar hon haft och de
återkom hela tiden. Hon insåg snabbt att hon var fast i tankarna
när hon återigen såg landskapet förändrat till skog och slätt.
Träden var så annorlunda här på andra sidan havet. Det var som
om landskapet viskade till henne även fast det hela tiden låg regn
och åska över dem. Tillslut tog en större väg form och de var
snart omgivna av tyngre skog. Skogen var mäktig på sin höjd
och någonstans brann det. - Vi börjar närma oss. Sade Volde
och San och Frid instämde – Jag kan känna det! Sade San och så
snart de verkligen var klara med det hördes avgrundsvrål och
man drog svärd. De hade omringats av odöda och Volde slog ut
långa blixtar mot dem. Striden hade börjat och Frid svingade sitt
spjut över de anstormande och ruttnande o-döda. Hennes
framförhållning var klar och enkel, de föll direkt efter vapnet
hade nuddat dem. San högg sig fram de måste ha varit
hundratals eller tusentals. San fortsatte fäkta sig fram mot
skogsbrynet och några bågskyttar hjälpte dem fram de slogs mot
öster om vägen och rakt in i skogen där de kunde ta skydd

bakom träden. Striden fortsatte långt inne i skogen och ingen
visste hur länge. Faci kastade trollformler som villade bort dem.
Det kanske var tur att de nådde skogen för just när de kände sig
omringade hördes hornstötar och ett tungt kavalleri drog in i
massan. Det var Sarosus som drog fram och svingade sitt spjut.
Frid som hade haft en stav tills inresan i Alderna ryktes med,
med sitt nya vapen. San stack in svärdet under hjälmen på en o-
död och så snart de hade skingrats kastade volde en sköld över
dem alla.

*

San stod vid den närmaste o-döda när Sarosus stormade in med
sina trupper. Deras skinande rustningar blänkte i regnet och de
skingrade de vrålande o-döda som lät ungefär som de var
"ooo—hhh!!" stönande med röda ögon skelett och torkade
kroppar ur sin sista vila. Hemska varelser som inte hörde
hemma någonstans. San nickade bestämt åt Sarosus som högg
ner en sista o-död. San undrade om hon ens såg honom. Efter
ett tag hade ryttarna samlats längs vägen och den sista truppen
inne ifrån staden sällat sig med de andra. - Vi är de sista inne
ifrån staden! Sade Volde och Sarosus nickade åt honom trött
som hon var.- Jag vet och vi är de sista förutom magikerna.
Svarade Sarosus – Jag vet att ondskan kommer att leta sig
tillbaka hit och många har redan förlorat livet. Sade Sarosus Jag
kommer att lämna Alderna med mitt folk nu! Sade Sarosus. Hon
verkade allvarsam och inte helt främmande från deras tankesätt.
- Allt är inte förlorat min drottning. Sade Volde och tittade på
San. -Nej det är det inte unge Volde. Men det är inte tid för oss
alver att bo här längre. Sade Sarosus och steg ner ifrån sin vita
häst. San nickade åt henne och insåg allvarsamt att hon hade
bestämt sig. - Vi ger oss av nu! Ni får gå tillbaka och invänta
Sadin och Cobal med de andra som vill stanna kvar. Sade
Sarosus allvarsamt men steg upp på sin häst och försvann

tillbaka åt det håll de hela tiden varit på väg. Hennes ryttare var bortåt 2000 och inte mer men det dundrade i marken när de red iväg. -Jag får en underlig känsla Volde. Sade San och tittade på sina två vänner som stod bredvid varandra den ena ett huvud högre än den andra. Naturligtvis! Svarade Volde. Frid nickade åt dem båda och hennes ögon var rogivande och fulla av harmoni. - Vi måste tillbaka till staden Volde! Sade Frid och de instämde och Faci som stått och väntat med händerna i luften kom fram till dem. - Jag håller med medikus måste arbeta! Sade Faci och klappade Volde på axeln. - Visst, jag kan skydda staden! Sade Volde och reagerade som om det inte var någonting speciellt i görningen. Hans blick var isande tung och han gick framåt med hjälp av den slingriga staven. Efter gick Frid och sist San med ryggen full av soldater. Efter ett tag kom de fram till vägen igen efter det, djupa-skogen med sina meters tjocka trädstammar och slingriga växter. Regnet piskade ner när de fortsatte färden in mot staden, San visste inte hur länge det gått innan det började mullra och ösregnet kom. Allt hade skett så snabbt och San visste inte hur mycket som var värt att minnas men en sak var i alla fall säkert. De skulle få arbeta igen och det gladde honom lite och då hade han tid att öva färdighet. När de slutligen nådde krönet av backen så var de snart inne i Alderna igen. Han misstänkte att de skulle få sätta igång i regnet. San hade haft en mardröm natten innan och som vanligt hade det handlat om gestalter. Den här gången handlade det om en tiggare som kastade tärning. För varje kast slungades han iväg och blev skadad. Han skulle ta det med Volde och Faci och så skulle det bli hade han bestämt. Frid gick framför honom på stenplattorna och det knastrade under hennes stövlar precis som under hans egna, San var nu sugen på att spela en sång och när det slutligen kom fram till kritan skulle han underhålla. Han hade övat på att sjunga och nu var det dags att försöka. Sång attraherade honom speciellt. San var vaken av sig och det krävdes av hans vänner och han själv. Han var alltid villig att hjälpa till och det uppskattades alltid av människor runt om kring honom. Plötsligt stack det till i sidan och han tog sig på det ställe som han hade blivit riven av demonen på. Nej inte igen tänkte han. Han ville skrika till men höll det för sig själv. De var nu inne i staden och San kunde inte släppa det som hänt men så snart de var inne i slottet igen satte de igång att evakuera igen. Sår lappades och nya förband sattes runt lemmar och huvuden. De fortsatte röja upp inne i staden och satte ut vakter. Folk vågade sig snart ut ur husen för att hjälpa till. De få som verkligen var kvar. En man vid namn Furin var den egentliga borgmästaren hjälpte till med att organisera runt överallt. Till slut, blev det natt och himlen var full av stjärnor för första gången på länge. Man satte eld på allt löst bråte och verkade komma i stämning. Man sörjde de 10 000 tals som dött i striderna och väntade hela tiden på att människor skulle komma tillbaka. Det var tyst och öde när magikerna anlände tillbaka. Man hade stoppat de o-döda en gång för alla. De flesta var skadade någonstans även San. - Volde vi måste nog hitta Deawon sade Tagul till Volde när de hälsat klart. Alla var välbehållna. Det räckte inte minst för San. Han började känna en liten avundsjuka mot Volde som hela tiden var i fokus och i centrum av allt. San sade inget men det syntes ibland på honom. Frid var den som reagerade på allt och hon var en person som såg till att de höll sams. Volde var blek men han såg välmående ut och San var glad för honom trots allt. Annars var alltid Volde den som höll uppe stämningen och nu insåg San att det inte var tid för underhållning. Han hade hört berättelser om många segrar och just nu stoppade han sin pipa med särskild tobak och dyr sådan. Han trodde att det skulle hjälpa men eftersom han var en bestämd person såg han helst till att göra det lite i skymundan. San tog ett bestämt bloss och började nynna på en låt och sjöng allt högre och högre tills alverna samlade sig runt honom.

"I tron av seger viker vi ej undan för den samvetes lenaste fest, Vi sjunger och vi dansar som ödets gudinna sagt. Vi sjunger för land och ro för ed som vi svurit ur Bergamins här"

San lät först som en ungdom men höll i gång tonerna och efter
ett tag trampade han takten och så var festen i gång.

*

Tiggarpojken Deawon reste sig sakta när han hörde tonerna av
sång och efter att han dragits till sången kunde han ej släppa den.
Han stämde in i renaste ton och fick all uppmärksamhet till sig.
Deawon bugade sig och försvann sedan in i folkmassan. Han
dök upp bredvid kvinnan i det sjungande sällskapet och gav
henne ett litet paket. Deawon försvann sedan in i folkmassan
och han skrattade förnöjt för sig själv. Det var ytterligare en
förbannelse han hade kastat. Snart skulle de tvivla på skuggorna
hela det lilla sällskapet. Deawon förvandlade sig till sig själv när
en vakt fick syn på honom och kände igen honom. Larmet var
igång och han brottades snart med flera magiker inte minst
Volde. Deawon kände hur hans segrar försvunnit och hur
ondskan vilade tungt i bröstet. Han kastade en skärm och
slungade iväg ett lila-aktig´t eldklot mot volde och kärnan av de
omringande magikerna. Han kände snart flöden av trådar av
energi mot sig och kastades ner i marken. Han drog sitt svärd
och högg emot ynglingen San som stod mellan två av de äldre
magikerna. San parerade och högg tillbaka mot Deawon och
träffade honom i strupen och allting svartnade. Deawon kunde
inte resa sig han var fjättrad av energi och livet gled ur honom
han erkände sig nu besegrad och drog ett sista eldigt andetag.

Epilog

*Volde kände hur energin strömmade ur hans fingrar och hur Deawon
besegrades. Det skulle visa sig vara det sista Deawon någonsin gjorde.*
De, det vill säga Frid och San och till och med Volde firade
sedan hela natten och skröt om sina bragder. Det visade sig vara
ett rätt tillfälle att ställa till allt i ordning. Efter att de hade hjälpt
Alverna började de resan hemåt. Och väl hemma kunde de
verkligen kännas vid festligheterna ondskan var för nu besegrad.
De kunde känna sig lyckliga ett tag framöver. Vännernas insats

skrevs ned i böcker och belönades med hjältemod. Detta var en
del av skapelseberättelsen i Lyndia och kungar talade om dem.